나의 색을
찾았습니다

나의 색을 찾았습니다

발행일	2019년 5월 3일

지은이	이경희		
펴낸이	손형국		
펴낸곳	(주)북랩		
편집인	선일영	편집	오경진, 강대건, 최예은, 최승헌, 김경무
디자인	이현수, 김민하, 한수희, 김윤주, 허지혜	제작	박기성, 황동현, 구성우, 장홍석
마케팅	김회란, 박진관, 조하라		
출판등록	2004. 12. 1(제2012-000051호)		
주소	서울시 금천구 가산디지털 1로 168, 우림라이온스밸리 B동 B113, 114호		
홈페이지	www.book.co.kr		
전화번호	(02)2026-5777	팩스	(02)2026-5747

ISBN	979-11-6299-683-6 03810 (종이책)	979-11-6299-684-3 05810 (전자책)	

이 도서의 국립중앙도서관 출판예정도서목록(CIP)은 서지정보유통지원시스템 홈페이지(http://seoji.nl.go.kr)와
국가자료공동목록시스템(http://www.nl.go.kr/kolisnet)에서 이용하실 수 있습니다.
(CIP제어번호: CIP2019016362)

그림과 글로 풀어가는
나의 삶,
우리들의 이야기

이경희 에세이

나의 색을
찾았습니다

북랩 book Lab

쓰고 그리는 삶을 위하여

오랫동안 나를 잊고 살았다. 한 생명을 책임지는 사람으로 안주하면서 기계적인 삶에 수동적으로 밀려다녔다. 그것이 누구를 위한 것인지도 모른 채 나를 정체시켰고, 엄마라는 익숙한 이름표 때문에 뚜렷한 색을 가지지도 못한 존재였다. 가족의 일원으로서 나의 행복을 분배해야 하는 존재로 여기니 나의 행복 주머니는 작았다. 주머니가 작으니 삶을 버틸 수 있는 즐거움도 크질 않았다. 어떤 버팀목 없이는 스스로 서 있을 수 없을 만큼 나약해져 갔다. 손에 잡을 수 없는 욕구와 갈망은 흐릿한 모양으로 삶이 흔들릴 때마다 삭정이처럼 드러나곤 했다.

아이의 키가 내 키를 훌쩍 넘었을 때, 더 이상 누구의 꿈을 위해 온몸을 바쳐야 하는 바지랑대 같은 존재로 있기보다 스스로 자신을 지탱하면서 세상을 바라보는 존재가 되어야 함을 느꼈다. 물기가 걷어지길 기다리는 그릇처럼 아무런 미동 없이 안주하고 있었던 나를 객관적인 시선으로 돌아보았다. 그러나 내 손에 쥐고 있는 것은 공허함뿐. 유통기한이 지난 식재료마냥 아무런 가치도, 만족도 느낄 수 없었다. 많은 시간이 지나는 동안 젊은 활기와 생동감은 사라졌고, 그 자리에 나이에 대한 두려움이 차올랐다. 액셀러레이터를 밟는 시간보다 브레이크를 밟는 시간이 더 많아짐을 몸으로 느꼈다.

세월이 주는 보상을 믿었던 적이 있다. 언젠가 내 두 손에 가득 놓여 있을 행복을 상상했다. 아이가 크면. 시간만 지나면. 수많은 if의 허구적인 삶을 상상하기만 했다. 손을 움켜쥐면 공기만 남듯 살아온 세월에 대한 만족감은 보석상의 저울처럼 인색했다. 미미한 행복과 가치는 수시로 나를 흔들었고, 어떤 것이 나를 굳건히 지켜줄 수 있을지 답 없는 물음표를 던지며 하루하루를 보냈다.

의문에 대한 답은 생각보다 간결했다. 행복의 조건을 내가 아닌 가족에게 맞추고 타인의 시점으로 돌렸기에 나의 행복은 수시로 흔들렸다. 온갖 수동태가 난무하는 단어들로 도배되면서 나의 색은 사라지고 빛바랜 이불처럼 흐릿하게 남아 있는 모습이었다.

그렇게 시선을 가족과 타인에서 나에게로 옮기고, 나를 찾아가기 위해 녹진한 시간을 보냈다. 글과 그림으로 내가 원하는 일을 찾아 서서히 나의 색을 찾아갔다. 잃어버린 시간을 다시 찾아내는 과정에서 나는 자주 행복한 아우성을 지르기도 했다.

그러나 그것만으로 부족했던지 내 삶에 크나큰 변화가 찾아왔다. 난청과 이명. 세상의 테두리로 밀려나는 시간을 오랫동안 겪으며, 나는 그렇게 나를 알아가는 총체적 변화를 받아들였다.

나는 알았다. 삶은 비빔밥이라는 것을. 형형색색의 재료가 주는 독립된 맛이 어우러져 내 인생이 만들어진다는 것을 말이다. 역경,

시련, 고난, 절망, 희망, 기쁨, 환희 등 각각의 단어가 주는 맛을 느끼며 나의 몸을 지탱해간다는 것을, 내 앞에 놓인 길을 걸으며 깨달았다. 어떤 재료가 얼마나 더 많이 들었는지에 따라 인생의 맛이 달라진다.

이제는 무언가를 바짝 쥐려고 하지 않는다. 많은 것을 움켜쥘수록 새어나가는 것도 있게 마련이다. 내 앞에 놓인 시간을 묵묵히 겪어내면서 더욱 나의 존재를 인식하게 되었다. 밤하늘의 별이 빛나는 이유는 어둠이 있기 때문이라고. 어두운 시간이 있었기에 나를 찾기 위한 시간은 더욱더 또렷한 색으로 다가왔다.

맑고 영롱한 그림인 수채화에서 무채색을 만들 때는 유채색과 유채색을 혼합하면 된다. 한마디로 무채색은 수많은 유채색의 묶음이다. 이처럼 인생에 너무 많은 색을 담으려 하면 오히려 무채색이 된다. 밝음, 어두움, 진함, 연함이 적절히 섞인 그림이 좋은 그림이고, 각자의 스케치와 색이 담긴 그림이 하나뿐인 명작이다. 뿌옇게 흐릿해진 나의 색을 조금씩 찾아가는 과정이 우리의 삶이고 인생이다.

삶의 역경을 이겨내는 동안 마음의 짐을 덜고자 시작한 글쓰기. 나의 손이 기억하는 그림. 쓰고 그리는 이 두 가지로 인해 나는 공허함을 메우고 존재감을 찾기 시작했다.

여행을 그다지 좋아하지 않는 내가 삶을 여행으로 여기고 내 시선에 머무는 것들을 여행자의 시선으로 담아보는 일이 이제 일상이 되어간다. 수많은 색 중에서 가장 좋아하고 마음이 가는 색이 있다면, 아마도 그 색이 자신을 대표하는 색일 것이다.

자신의 위치에서 색을 찾아가는 일이 바로 나를 찾는 일이다.

나는 아마도 오랫동안 변함없이 쓰고 그리며 나의 색을 찾을 것
같다.

　쓰고 그리는 삶을 위하여.

차 례

1장

내가 추가한, 나를 추가한 가족

우리들의 좌표

　가족이라는 단어가 어색하지 않을 때가 바로 아이들이 태어날 때다. 사랑의 결실은 또 다른 생명을 만들어주었고, 늘어나는 숫자만큼 사랑과 기쁨을 예고 없이 안겨주었다. 나의 애정과 보살핌을 먹으며 성장의 그래프를 그리고 있는 지금, 네 명의 완전체로 살아오는 동안 20년이 흘렀다. 각자의 모습과 이름을 가지고 독립된 개체로 살아가도 우리에게는 뗄 수 없는 공통분모가 있다. 성장이라는 x축과 결혼이라는 y축을 기반으로 좌표를 설정하면 서로의 위치가 생긴다. 여기서 저기로 이동하는 작은 점을 바라보는 것도 한 가족의 일원으로서의 사명이다.

　아이를 키우는 것은 화초를 키우는 것과도 같다. 어린 떡잎을 밀어 올리고 모양이 그대로 축소된, 깨알처럼 작은 식물이 화분에서 올라오면 신기한 눈으로 바라보게 된다. 싹이 나고 잎을 틔우는 모습에 신비함과 경이로움을 느끼듯, 커가는 아이들의 모습을 눈에 넣은 것이 기쁨이기도 하다. 늘 잎만 보여주다 꽃을 피울 때면 어떤가. 히아신스처럼 어떤 색의 꽃을 보여줄지 설레며 기다릴 때도 있다.

그러나 아이를 키우는 일에 어찌 무한 긍정만 있을까. 웃음과 기쁨을 몰고 올 때가 있는가 하면, 눈물과 괴로움이 연속으로 몰려올 때도 있다. 보듬어줘야 하는 존재에서 독립하려는 존재가 되기까지의 절차는 무척이나 까다롭고 쓰라리다.

가족이라서. 가족이니까. 가족이기 때문에.

가족은 수많은 애정과 사랑의 이름이기도 하지만 원망과 원한의 굴레로 쓰이기도 하는 대명사이기도 하다. 아이와 엄마, 부부간의 수많은 이야기를 품은 대하드라마이면서 엄마의 독백이 가장 많은 모노드라마이기도 하다. 처음이라 두렵고, 안 해본 것이라 설레기도 했던 수많은 이야기가 농축된 드라마는 나를 변화시키는 대타 없는 인생 공부다.

육아를 곁들인 가족을 한마디로 정리하자면, 가슴에 생채기는 있을지언정 잃은 것보다 얻은 것이 더 많았다고 할 수 있겠다. 부드러운 눈매를 하늘 끝으로 치켜 올라가게 공을 세운 아이들, 과거로 영사기를 돌려보면 울고 웃는 시간이 적절하게 배치된 신의 편집기술에 놀란다. 철저히 주관적일 수밖에 없는 가족은 서로의 마음을 성형하게 만드는 공인된 장인이다.

사진관에 가면 안정적인 구도의 가족사진이 단골로 걸려있다. 화목하고 단란한 가족의 예쁜 모습을 담아 손님을 유혹하곤 한다. 잘 편집된 다정한 사진 하나 걸어두면, 눈만 돌려 언제든 가족의 얼굴을 볼 수 있다. 타지로 나가거나 분가한 자식의 모습을 눈에 담고 싶어 하는 어르신들의 허한 마음을 각진 네모 속에 있는 익숙한 얼굴들이 위로해준다. 그래서 시골 벽에는 가족사진이 도배지처럼 붙어있다.

사진은 시간을 멈추고 언제나 나를 과거에 머물게 한다. 사진 앞에서 우리는 '그때'를 자동으로 되새기곤 한다. 아빠의 젊음, 엄마의 소녀, 과수원 밭의 꼬맹이, 옹알이하는 아기. 마음은 잊어버려도 순간을 잘도 기억해주는 게 사진이다.

아이러니하게도 지금은 사진이 넘쳐나는 시대라 사진의 귀중함을 잃어버렸다.

아들의 첫돌을 맞아 가족사진을 찍었다. 평생 간직할 사진이라 어떤 컨셉으로 찍어야 할지 고민했다. 무난하게 흰 티와 청바지로 색을 맞췄다. 사진사는 원하는 구도에 가족을 정물처럼 놓고 가장 자연스러운 포즈를 찾았다. 아직 사진을 모르는 아이가 번쩍거리는 빛을 보고 놀라기도 했다.

"이 사진은 어디에 걸까요?"

이사를 하는 날, 가족사진의 위치를 물어오는 이삿짐센터의 기사에게 나와 남편은 서로 정해둔 위치를 말했다.

"여기에 걸어두세요."

"아니요, 여기요."

무조건 잘 보이는 곳에 놔야 한다는 남편과 인테리어를 고려해 잘 보이지는 않지만 안쪽에 걸어야 한다는 나의 의견이 엇갈렸다. 대문을 열고 들어와 거실로 향하는 곳에 있는 방과 방 사이의 벽은

나의 색을 찾았습니다

어떤 그림을 걸어도 시선에서 벗어나지 못하는 곳이다. 반면에 내가 걸고 싶은 곳은 화장실 앞의 어두컴컴한 벽인데 시선이 잘 가지는 않지만 나는 그곳이 맞춤하다고 생각했다.

나지막하게 시작된 말이 조금씩 음성을 높였다. 서로 어울린다고 생각했던 자리에 놓고 싶은 마음에 시작된 말다툼은 결국 남편의 고성으로 끝이 났고, 결국 잘 보이는 곳에 가족사진을 걸었다. 그게 뭐라고. 사소한 다툼이지만 마음속에서는 결코 사소하지 않게 여겨졌다. 내가 원하는 대로 못 했다는 것보다 다른 사람이 보는 앞에서 목소리를 높였다는 것이 못마땅했다. 인테리어를 아내에게 맡기지 않았다는 생각에 마음속에 깊은 웅덩이를 파두었다. 쓸데없는 안테나를 세운다며, 남자가 그런 일에 별 참견이라며 소심한 복수의 기회를 불끈불끈 노리곤 했다.

너무 가까워서 서로에게 상처를 주기도 하지만, 또 너무 가깝다 보니 빨리 아물기도 한다. 별일 아닌 일로 감정이 부풀다가 이내 바람 빠진 풍선처럼 금방 제자리로 돌아오는 게 부부다. 별일 아닌 일로 감정 다툼을 하게 되는 또 다른 이는 바로 아이들이다.

부대끼고 스치며 애증 관계를 쌓아가는 가족은 그래서 밥과 같은 존재가 아닐까. 생명에 관여하지만 너무 당연한 존재가 되어 있고 웃음과 눈물이 끊임없이 쏟아지게 하는 장본인들.

품 안의 자식과 품을 떠난 자식이 주는 행복이 다를지라도, 신혼과 노부부의 모습이 다를지라도 가족은 삶의 난로가 되기도 한다. 아등바등하지만 세상의 추위를 견딜 수 있는, 뜨겁지 않은 온기를 품은 존재 말이다. 난로는 차가울 때가 더 많지만 따뜻한 존재로서의 기억이 오래 머물러 있다.

거실 한쪽에 걸린 사진을 보며 가끔 가족의 의미를 새긴다. 그러고 보면 저 자리가 딱 맞는 것 같기도 하다.

내일도 사춘기

부모가 되기 위한 과정이 쉽다면 얼마나 좋을까. 한 사람의 생명을 만들기까지 부모는 수많은 노동과 시간과 시행착오를 견뎌야 한다. 인생이란 도로를 주행하는 중 과속 방지턱을 만난 것마냥 무언가 턱 걸리는 시기가 바로 사춘기가 아닐까 한다. 아이도 나도 속도를 늦추며 살금살금 기어가야 하는 때다. 완전히 벗어나지 못한 유아적 사고를 걱정하는 이들과 부모로부터의 자유를 갈망하는 이들의 보이지 않는 싸움이 힘겨운 지금이다.

아이들이 4살 터울이 되면 중2와 고3을 동시에 맞는다. 사춘기의 절정으로 치닫는 아이와 공부의 치열함에 시달리는 아이가 공존하는 서행 구간이다. 중간에 낀 부모는 이리 치이고 저리 치여 마음이 온전하지 못하며 불안하다. 서로의 예민함이 언제 뚫고 나올지, 번데기처럼 서로의 감정을 에워싼 채 빨리 시간이 지나길 바랄 뿐이다.

사춘기를 넘겨야 진짜 부모가 되는 거라고 말한다. 안도의 숨을 쉬며 한고비 넘겼다 생각했는데 또다시 고비가 찾아왔다. 첫 아이

나의 색을 찾았습니다

때의 경험이 있기에 두 번째는 다소 마음의 여유를 얻을 수 있겠다는 생각은 착각일까? 저마다 다른 자아로 대면해야 하는, 보이지 않는 랜덤박스다.

나 이겨냈노라고, 가끔은 깃발을 펄럭이며 완주의 기쁨을 털어놓을 때가 있다. 아이의 사춘기를 지나며 느낀 당혹스러움은 엄마들의 육아경험담에 빼놓지 않는 단골 스토리다.

에베레스트를 등반한 모험가처럼, 산티아고 순례길을 완주한 순례자처럼 수시로 모험과 도인의 경지를 오가는 지난한 길을 걷게 된다. 그러나 힘든 만큼 거기에서 얻게 되는 깨달음은, 그 어떤 것과 비교할 수 없을 만큼 값지다는 것도 알게 된다. 낳으면 큰다는 믿음보다 잘 키워야겠다는 욕심도 있었기에 그냥 부모보다 좋은 부모가 되기 위해 노력했다. 자녀교육에 대한 답을 얻기 위해 더 빨리 뛰었고, 아등바등하며 조바심을 내었던 지난날도 있었다. 뒤돌아보니 모든 걸 극복한 도인처럼 날카롭던 감정이 넓은 아량으로 나타나는 지금, 멈추면 비로소 보이는 것들이다.

딸인 큰아이. 힘들었던 고3을 지나 대학생이라는 신분을 얻었다. 성인이라며 어른 대접을 받길 바라지만 몸만 큰 어른 아이다. 불과 몇 달 전까지 이어진 수험생 생활을 어떻게 견뎌냈는지 모르겠다. 이른 아침에 등교하고 늦은 밤이 되어 돌아오는 일용직의 삶처럼 애잔하더니 지금은 잠의 포로가 되었다. 잠을 뿌리치는 것이 최대의 고역이던 안쓰러운 시기의 까탈스럽고 예민한 신경은 시간이 지나도 바뀌지 않았다. 날이 서고 마음대로 되지 않는 일에 짜증을 몰아서 낸다. 그것을 고3의 잔여물이라 여기기엔 시간이 많이 흘렀다. 아직도 사춘기의 날카롭고 뾰족한 말투가 일상 곳곳에 스며 있다.

아들인 작은아이. 남자와 여자의 성향이 조금 다를지라도 사춘기는 변함없는 성장 절차라는 것을 믿는 요즘이다. 감수성과 반항심이 최고조에 이르고, 과대망상에 가까운 꿈을 꾸며 현실감을 잃어버렸다. 한 번쯤 앓고 가는 홍역과 같은 시기라지만 공부보다는 게임에 빠지며 허우적대는 모습이 낯설다. 아기 같던 모습이 일상 곳곳에서 오버랩 되고, 나와 아이 사이의 줄다리기는 지금도 쉼 없이 계속되고 있다. 중2에 들어오면 아이가 눈빛부터 달라진다는데 역시 그랬다. 싸늘한 분위기를 몰고 다닌다.

큰아이를 통해 겪은 사춘기의 여파가 제법 컸다. 눈물 콧물 빼놓는 적이 한두 번이 아니라, 멘탈을 튼튼하게 다졌다 해도 여전히 조심스럽다. 중3으로 달려가고 있는 둘째는 다행히도 서서히 파도가 가라앉는 조짐이다. 게임 대신 좋아하는 취미에 발을 들이고부터 반항심을 표출하는 횟수가 조금씩 줄어든다. 종이처럼 꽉 뭉친 마음을 조금씩 펴내는 방법은 마음을 사로잡을 취미 하나 만들어보는 것이다. 이는 아이는 물론이고 어른에게도 통하는 방법이다.

같은 듯하면서도 다른 두 아이. 신은 내게 아들과 딸의 면면을 느끼게 해주었다. 조금은 남자 같은 여자, 여자 같은 남자아이를 주어 두 아이가 만들어가는 육아의 맛을 몸소 느끼게 했다. 돌아보니 답이 없는 육아를 하면서 매일 정답을 찾아 나가는 나의 여정이 기다랗게 놓여 있었다. 모든 엄마에게 희망과 사랑, 꿈을 가꾸고 기르는 일은 세상에서 가장 힘들지만 소중한 임무라는 것을 알아가고 있다.

잔잔한 바다는 노련한 뱃사공을 만들지 않는다고, 아이들을 통해 태풍과 돌풍을 겪으면서 세상을 배워가는 중이다. 육아는 이런 일 저런 일 험하고 당황스러운 일이 알사탕 종합 세트처럼 빼곡히 들어 있다. 그래서 신이 랜덤으로 한 봉지 안겨줄 때마다 씹고 뜯고 맛보고 즐기는 것이다. 어찌 달달함만 있겠는가. 안대를 쓰고 음식을 먹듯 가끔은 뜻하지 않는 맛을 우걱우걱 씹어야 할 때도 있다. 그것이 달든 짜든 시든 맵든.

　아이들의 사춘기는 영원히 끝나지 않을 것 같다.

부부,
같은 형태 다른 모양

   남편과 아내를 다른 사람에게 소개할 때 안사람, 바깥사람이라고 말하는 때가 있었다. 남편은 밖에서 회사라는 집단에 속해 몸을 써야 하는 존재였고, 나는 안에서 가정이라는 울타리를 보호하며 지켜나가는 존재였다. 안과 밖이 분리되지 않는 요즘에는 서로의 역할에 분할 선을 긋지 않는다. 그리고 보면 우리는 가장 전형적인 틀에서 변화 없이 살았다. 생계를 책임지고 생활전선에 뛰어든 남편과 아이들을 돌보며 가정의 모든 일을 도맡아 한 나는 대한민국에 사는 보통 부부다. 자의든 타의든 그렇게 각자의 자리에서 뿌리를 내리고 싹을 틔웠다.

   시골에서 자란 그와 바다에서 자란 나는 좋아하는 것과 싫어하는 것이 너무도 다르지만 서로 교집합이 되는 것이 적지 않기에 별 탈 없이 지내왔다. 먹는 것, 좋아하는 것은 서로를 위해 양보하거나 타협으로 종결되지만, 빙빙 둘러대거나 배배 꼬아 말하기 싫어하는 남편의 직설화법 때문에 일방적인 상처도 많았다. 어쩌면 귀를 쫑긋 세우고 "내가 언제?"라며 목소리 높일 수도 있겠다.

자비와 관용을 집어넣고 내 입장에서 그를 분석하자면 그렇다. 돌을 던진 사람보다 돌을 맞은 사람이 더 오래 기억한다고, 살면서 가슴에 자국을 남기는 일이 어디 한두 번이겠는가. 수많은 사람과의 관계 속에서 상처와 자국을 남기지만 재생할 수 있는 상흔이 되어야지 썩거나 염증 나는 상처면 곤란하다. 부부에게는 너무 가까워서 마음의 응어리가 바위에서 돌이 되고 돌이 모래가 되는 자연스러움이 있다. 죗값의 50%는 부부라는 명목으로 감형된다. 그러나 습관처럼 상처를 주면 곤란하다. 아내가 쳐놓은 지뢰밭이 있게 마련이다. 한을 품어 한여름에도 서리가 내리는 일은 애초에 만들지 않는 게 좋다.

단점만 나열하면 줄줄이 소시지처럼 끝도 없이 나오는 게 부부 사이다. 서로 다퉜을 때, 다행히 소심한 내가 오랫동안 꿍해 있으면 먼저 물꼬를 트는 것은 남편이다. 천성에 묵언 수행은 하지 못한다. 답답함을 극도로 싫어하는 사람이다. 다혈질 성격을 받아준 내가 작은 반란을 일으키는 방식이 바로 말을 하지 않는 것. 가끔은 무기로 종종 쓰기도 한다.

20년 동안 지켜본 남편의 희로애락에 나와 아이들의 색깔이 함께 섞여 있다. 혼자라면 과연 어떤 색으로 살아갔을까. 젊은 시절부터 뻣뻣한 배춧잎처럼 툭 부러질지언정 굽힐 줄 모르던 성향은 이제 소금 친 배추처럼 유들유들해졌다. 세월이 바로 소금이다. 짭짤한 생을 누군들 피해갈 수 있을까. 그 모습 그대로 박제된 삶은 어디에도 없다.

부모가 되고 그 풍요로움을 한껏 맛본 뒤 찾아오는 허전함은 우리의 인생을 다시 재정비하게 했다. 아이와 가족에게 시선을 떼지 않고, 나보다 우리를 생각했던 마음은 조금씩 달라졌다. 나는 없고 우리만 있던 삶에서 독립된 자신을 찾는 일에 시선을 돌리기 시작했다. 어쩌면 지금, 아이가 아닌 우리들의 사춘기가 시작되었는지도 모르겠다. 지나온 세월에 반항하고픈 우리들의 두 번째 사춘기 말이다.

한숨 소리가 잦아지고 마음에 빈 구멍이 생겨 찬바람이 들어찰 때마다 마음 줄 곳 없는 남편은 유혹 거리가 가득한 텔레비전으로 위안 삼았다. 털털한 개량 한복 하나 걸치고 도끼를 내리찍으며 장작을 패는 자연인이 언제부턴가 최애 프로그램이 되었다. 손바닥만 한 광어, 번쩍거리는 부시리, 값비싼 돔을 낚으며 자연에 몸을 맡기고 순응하는 프로그램은 눈을 반짝이며 사랑의 눈빛으로 바라보곤 했다. 회사에 얽매이지 않는 자유로운 몸이 되면 차 하나 개조해서 전국 일주를 한다나. 숙박 해결이 쉬운 캠핑카를 끌고 전국을 여행하는 프로도 심심찮게 본다. 지금 당장은 못하지만 언젠가는 이루리라는 꿈을 꾸며 동경, 야망, 희망이라는 단어를 차곡차곡 저축하고 있다. 그러나 그것은 구름모양의 말상일 뿐, 현실은 소파와 이불에게 스킨십을 하며 누워있는 자세가 일상이다. 의미 없이 누르는 리모컨은 삶을 마음대로 조종하고 싶은 욕망이 아닐는지.

내가 집이라도 비우는 날이면 라면밖에 끓일 줄 모르는 허당 남자다. 맛있는 음식을 만들어 가족에게 먹인다거나 어릴 적 먹던 음식이 가슴에 남아 요란한 냄비 소리 내며 고향 음식을 재현해내는 사람도 아니다. 주는 밥 먹고 주는 음식으로 배를 채울 뿐 밥은 살기 위해 먹는 듯 낭만은 없다. 요리하는 직업이 아니라도 한 번쯤 요섹남이길 바라는 마음은 주부에게 너무 과한 욕망일까.

나 또한 아이에게 모든 걸 쏟아붓는 시기를 지나, 이제는 '가족'이라는 시선을 벗어던지고 '나'의 시선으로 보기 시작했다. 마치 모의고사를 치른 엄마의 최종 성적표를 보고 난 뒤의 깨달음 같은 것과도 같다. 주는 자와 받는 자의 차이로 인해 아이에게 주었던 관심은 잔소리와 굴레로 변질됐고, 내가 원하는 만큼 아이들이 자박자박 걸어오는 것은 아니었음을 알았다. 부모로서, 선배로서, 경험자로서 뿜어내었던 열정은 도착지에서 싸늘하게 식어있었음을 깨달았다.

아이는 나의 축소판이 아니라 또 다른 개체다. 아이들을 교육하며 살아왔던 시간은 내가 인생을 배우는 또 하나의 과목이었다. 이제는 말할 수 있다. 비록 학점은 낮지만 많은 배움이 있었고 삶의 영향을 받을 수많은 생각들을 심어주었다. 아이들이 성장할 때마다 과목은 더 어려워졌고 머리가 터질 듯 복잡했지만, 그런 상황을 견딘 만큼 우뚝 성숙해져 있었다. 그 시간이 있었기에 나의 색을 찾는 과정이 서서히 타올랐다.

남편이 검은 상자에 멘탈을 박고 정년의 꿈을 달콤하게 꾸듯 나도 내가 할 수 있고 하고 싶은 일에 초점을 맞추기 시작했다. 멀리 둘러왔고 낮게만 걸었지만, 존재조차 몰랐던 나의 날개를 이제야 인지하기 시작했다.

그렇게 우리는 서로 다른 꿈을 꾸며 행복에 젖어 있다.

　　　　　　　　　　　　　　　나의 색을 찾았습니다

주말병과 월요병

'아! 내일이 월요일이구나.'

직장인들은 일요일 저녁이면 기분이 다운된다. 주말을 잘 지내다 출근이 임박하면 마음 한쪽이 불편해지는데, 산과 들로 자유롭게 뛰어다니던 야생마가 월요일이면 안장을 매고 지정된 곳으로만 걸어야 하는 심정이 아닐까. 화·수·목은 월요일의 희생이 있기에 다소 견딜만하다. 금요일은 다가오는 주말만으로 기분이 설렌다. 주말과 평일에 끼인 월요일은 자유의 제동장치를 작동시키는 날이다. 자유롭게 활개를 치며 '워라밸'이 만족스러운 곳에 다니는 사람이 얼마나 될까.

아이들도 마찬가지다. 공부와 시간의 속박에서 벗어나 마음 내키는 대로 생활하는 주말이다. 친구와 약속이 있거나 특별한 일정이 없는 한 늦게까지 이불 속에서 뒹굴뒹굴하며 휴대폰과 열애에 빠진다. 그것이 5일간의 학업에 충실한 보상이다.

엄마인 나는 어떤가. 월요병이 아니라 주말병이라고 해야겠다. 식구들이 빠져나간 평일에는 자유롭게 내 일에 빠져들거나 강제성이 없는 집안일을 한다. 주말이면 꼼짝없이 가족의 종살이 신세를 면치 못한다. 늦은 아침을 먹고 나면 돌아서서 점심 준비를 하고, 짬을 내고 있어도 곧 저녁 메뉴를 위해 머리를 굴리거나 장을 보러 간다. 삼시 세끼의 시간표대로 하루를 허무하게 소비하는 느낌이다.

빨랫감을 몰아 세탁기에 넣고 아이들의 교복은 손빨래한다. 바닥에 착륙한 먼지도 주말이면 털어내야 하고 방마다 남은 평일의 흔적을 지워야 한다. 청소는 고사하고 스스로 물건 정리도 하지 않는 가족을 보면서 혼자 속앓이를 한 적이 한두 번이 아니다. 권유가 명령이 되고, 명령이 화가 되는 일. 가족이라는 말이 무색한 주말 풍경이다. 주전부리를 먹고 영역표시를 해둔 것마냥 어질러있을 때, 또 그 광경을 여러 번 목격했을 때 내 혈압은 비트 음악을 탄다.

치우는 사람, 어지르는 사람이 따로 있냐며 엄마의 의무를 가볍게 만들어달라고 하지만 모두 그때뿐이다. 동네를 활보하는 멍멍님의 음성으로 듣기 시작했다. 다들 뻔뻔한 면역이 생겼다. 그럴 때면 내 속은 먹물을 쏟은 것처럼 어둡고 답답하다. '언제까지'라는 단어가 머리를 맴돈다. 끝이 없어 보이는 일에 애정과 열정이 나올 리 없다. 보이는 것 치우고, 먹는 시간에 먹이는 일에 애정이 결여되면 동물을 기르는 것과 무엇이 다를까. 이내 마음을 가라앉히고 사랑의 의미를 찾는다. 그래도 내 마음 한쪽은 여유로운 평일이 그립다. 일주일 중 가장 길게 느껴지는 시간이다.

처음부터 워킹맘이었다면 아이들 스스로 일을 찾거나 몸에 정리하는 습관이 배어들었을 것이다. 최소한 엄마의 일을 두 배로 늘리지 않는 철든 아이가 됐을 거라는 생각에 자괴감에 빠진다. 어린아이라서, 출근하는 남편이라서, 일하지 않는 내가 모든 뒤치다꺼리를 해준 버릇이 20년 동안 유지되었다. 다 큰 아이들이 방바닥에 던져놓고 간 옷을 정리하면서, 도우미보다 못한 일상에 종살이의 설움이 밀려온 적이 있었다.

"이때가 좋을 때여."

불난 집에 기름 붓는 말이 아닌가. 연세 지극한 어른들이 나에게 웃으며 하는 말이다. 자식들이 시집·장가 가면 치울 일이 없어 허전하고, 남편마저 세상을 등져 싸늘한 벽에다 혼자 중얼거리는 신세보다 낫지 않느냐고 했다. 아등바등하며 억울하게 지내는 것도 잠깐이라며 한참 어린 동생이 언니들 앞에서 목에 핏대 세우는 얘기가 옹알이처럼 들린다며 웃었다.

인생을 경험한 어른들은 공자라고 하던가. 먼저 경험해본 선배는 나의 20년 후를 미리 내다보고 있다. 어릴 때부터 습관 들이지 못한 엄마의 잘못이 크니 아이 탓만 할 수는 없다. 머리 다 자란 아이들에게는 명령형이 아니라 권유형도 안 먹힌다는 것을 깨달았다. 남편에게는 도와주지 않는다며 눈을 흘기기보다 '그래. 집에서라도 상사의 잔소리를 잊고 살아봐야지.'라며 측은한 생각을 하니 더 이상 탱자나무 같은 뾰족한 마음은 올라오지 않는다. 사람이 없어 더는 대화할 수 없는 날보다 의견의 마찰을 빚을지언정 목소리가 끊이지 않는 것이 낫다는 생각이 든다. 외로움이 주는 쓸쓸함보다 냄비같이 끓어오르고 식는 복닥거림이 사는 맛이라고. 사람은 만족의 동물이 아니다. 주어진 현실을 벗어날 때 그리움이라는 단어로 과거를 뒤척이게 된다.

양성평등에 페미니즘을 주장하는 요즘, 엄마의 희생이 가족의 힘이라는 말은 거북하게 들린다. 가족에게는 몸과 마음을 바치는 엄마의 희생이 꼭 필요하다는 말 같아서다. 엄마도 똑같이 독립된 개체다. 에너지와 노동력을 써서 가족의 받침대가 되어 주기보다, 그 자체로서 정신적 지주가 되어 주는 엄마라면 존재 이유가 확실해진다. 주부인 나는 언제 휴일이 생길까. 주말도 없고 방학도 없고 정년도 없다.

그래서 엄마인 우리도 가끔은 엄마가 필요하다.

아이들 입에 넣는 재미

시댁은 공기 좋은 시골이다. 농촌에서 맞이하는 추석은 여러 가지 수확을 체험해볼 수 있는 재미가 있다. 삭막한 도시 생활에서는 볼 수 없는 진귀한 풍경들. 그때쯤이면 흙 속에서 대견하게 자란 먹거리들이 신비함의 가면을 쓰고 어서 오라며 기다리고 있다. 파릇한 잎사귀에 점점이 얼룩 든 대추를 오가며 따먹는 일도 내겐 즐거움이고, 넝쿨 잎사귀에 꼭꼭 숨은 늙은 호박 한 덩이를 찾아내는 일도 보물찾기처럼 재미나는 일이다. 여름 내내 태양 빛을 받고 낙엽처럼 시들어가는 깻잎을 똑똑 소리 나게 따는 것도 놀이처럼 여겨진다. 튼실한 줄기를 낫자루로 베어내고 호미로 땅을 파면 자줏빛 고구마 덩이가 옹기종기 매달려 나오는 것도 신나는 체험이다. 큰 고구마가 깊은 뿌리를 드러내며 내 손에 잡힐 땐 "우와!" 소리가 저절로 나오곤 한다. 심을 때는 도움을 주지도 못하고 수확만 기다리는 나는 어설픈 농부지만, 손자와 손녀의 먹거리를 위해 일 년 농사를 지어온 진짜 농부의 기쁨이기도 하다. 바다가 고향인 나는 시골 풍경을 볼 때면 아장아장 걷는 아이만큼 호기심으로 가득 찬다. 그리고 땅의 진솔함을 느낄 수 있는 일에 감사해진다.

무엇보다 기다려지는 건 밤을 줍는 일이다. 방에 아무렇게 걸린 꽃무늬 바지 하나 주워 입고, 마루 밑에 던져진 장화 한 짝 신으며, 농약 상표 붙은 챙이 긴 모자 하나쯤 걸치면 완벽한 새끼 농부다. 게다가 대문에 아무렇게 던져진 작대기 하나 손에 쥐고 나면 밤 한 자루도 끄떡없이 주울 것 같다. 마음은 벌써 산속을 누비며 자연을 담는 모습으로 설레발친다.

그리 깊지 않은 산속의 밤나무 아래로 작대기를 짚으며 들어갔다. 아무리 땅바닥을 훑어봐도 떨어진 밤이 없었다. 위로 쳐다보니 새파랗게 달린 밤송이가 입을 벌리지 않은 채 통통하게 매달려 있었다. 설익은 밤은 떫은맛이 난다. 자연이 주지 않는데 억지로 딸 수는 없다. 시간이 되지 않았다고 일러준다. 달달한 맛은 차분히 기다리는 것이다. 그래도 그냥 돌아서려니 서운했다. 나의 추석은 밤을 줍는 것인데. 이렇게 이른 추석이 오거나 원하는 것을 할 수 없을 때 아이마냥 실망한다. 밤을 좋아하는 내가 올해는 먹어보지 못하구나 싶어 아쉬웠다. 시장에서 사 먹을 수도 있지만 시골의 작은 토종밤 맛을 알고 나면 기다리지 않을 수 없다. 어쨌거나 시댁이 시골인 나는 달고 맛있는 먹을거리들을 먹을 수 있고 경험해볼 수 있어 다행이다. (며칠 뒤 다시 시골에 방문했고 밤 한 자루를 가져왔다.)

밤껍질을 기계로 까는 요즘이지만 예전에는 손으로 껍질을 까야 해서 부업으로 밤 까기가 있었다. 봉투 접기, 인형 눈알 붙이기, 매듭 만들기 등 무료한 손을 어떻게든 움직여 가계에 보탬이 되려 했다. 그러나 노력에 반해 얻는 수입은 파스값을 내고 나면 남는 게 없다거나 점심으로 먹은 짜장면 한 그릇이면 힘들게 번 돈이 날아가 일에 비해 효용은 낮았다. 밤을 까는 일은 종이를 붙이거나 접는 일에 비해 더 힘들다. 여린 손으로 딱딱한 밤껍질을 까는 일은 고작 몇 번만으로도 손에 물집을 부른다. 문득 밤을 보니 예전에는 먹는 일보다는 사는 일이 우선이었음을 느낀다.

노동과 수고에 많은 시간을 투자한 사람이 가끔 달인이라는 이름으로 화면에 비치곤 한다. 전문직이 아닌 단순노동이지만 자신의 인생이 담긴 일이기에 가치가 느껴졌다. 그의 일면엔 가족과 자식이 있다. 힘들고 어려운 일을 계속해나가는 힘의 원동력은 아마도 그런 존재가 있기 때문이 아닐까.

밤을 삶아 아이들의 입에 넣어주면 날름날름 잘 받아먹는다. 가운데를 반으로 갈라 숟가락으로 떠먹어도 되지만 이렇게 동그랗게 돌려가며 껍질을 까주면 깔끔하게 입에 넣을 수가 있다.

조금의 양은 힘들이지 않고 깔 수 있지만 한 그릇 정도의 많은 양을 까다 보면 손이 아프다. 부업으로 어떻게 몇 자루씩이나 깠을까. 더구나 생밤은 껍질이 더 단단해 까는 일이 보통이 아니다. 자식 입에 들어가는 것은 안 먹어도 배부르다더니, 내 아이들이 잘 먹으니 손 아파도 힘든 줄 모르겠다. 모성애는 손가락조차 아픔을 모르는 돌 손으로 만드는 것인지. 실종된 부성애는 어디 갔나 둘러보니 까는 족족 자기 입이다.

평소엔 힘들고 짜증 나는 일이라도 부모라는 이름표를 달면 그 짜증이 사라질 때가 있다. 그에 대한 보수가 있는 것도 아니고, 격려와 위로의 말이 오가는 것도 아닌데 비교적 성가신 일도 척척 해낸다. 그러고 보니 늘 받아먹기만 한 아이에서 넣어주는 엄마가 되기까지 세월이 많이 흘렀다. 목구멍으로 세월을 넘기면서 나의 욕구는 희뿌예지고 가족을 위한 일에 에너지를 쓰는 일이 많았다. 그것이 나의 만족이었고, 그 기쁨이 전부가 될 때도 있었다. 그러나 어찌 자식을 키우는데 기쁨만 있을 수 있겠는가. 짜증, 슬픔, 고역, 분노가 컨테이너 벨트처럼 주기적으로 찾아온다.

오늘도 우리는 누군가에게 받은 사랑을 다른 누군가에게 전하며 살아내고 있다. 고통과 절망은 정화되고 기쁨과 희망이 퍼져나가도록 여기서 저기로 흐르는 물 같은 사랑을 전하면서.

그 속에서 내가 커가고, 또 아이가 자란다.

바람 잘 날 없다고

아이가 등교한 지 얼마 되지 않은 시간이었다. 휴대폰이 울리며 담임 선생님에게 전화가 왔다. 좋은 일보다는 안 좋은 일이라는 직감이 왔다. 받기 전까지 괜한 불안감이 몰려와 심장이 두근거렸다. 1교시가 체육 시간이었는데 아이가 축구를 하다 눈에 공을 맞았다고 했다. 괜찮아 보이지만 그래도 혹시 모르니 안과에 다녀오는 게 좋겠다고 말했다.

아이를 만나기까지 걱정되는 마음이 사라지지 않았다. '혹시나' 하는 생각이 먼지처럼 붙었다. 부정과 긍정이 시소를 타며 학교에 도착했으나 교문에 서 있는 아이의 눈을 보니 이내 걱정이 사라졌다. 그래도 병원 검진을 받기 전까지 안심할 수 없지만 방정맞은 상상이 현실이 되지 않아 감사했다.

여성스럽고 내성적인 면이 있어 평소에 크게 다칠 일은 없다고 생각했다. 하지만 운동을 좋아하는 아이의 활동성 때문에 언제 변수가 생길지 모른다. 한창 움직일 나이고, 친구들과 부대낄 시기다. 남자아이가 여자아이들보다 보험료도 비싸다고 한다. 장난도 몸으로, 정거움도 몸으로. 말보다 몸이 앞서는 이 시기의 아이들은 툭하면 상처고 툭하면 골절이다. 체육 시간을 좋아하는 아이라 누구보다 열성적으로 운동했을 것이다. 하필이면 다른 아이가 찬 축구공에 눈을 맞을 줄이야. 엄마로서는 그냥 속상했다.

"조심 좀 해."라는 뻔한 말을 내뱉은 후 가까운 안과로 달려갔다. 여러 가지 검사를 하고 한참을 기다렸다. 결과는 다행히 별 탈 없었고, 안심해도 된다고 의사가 말했다. 손도 발도 아닌 눈이라서, 가장 중요한 기능이라 병원으로 가는 동안 초조함이 떠나질 않았는데 다행이었다.

초등학생의 티를 벗어나면 아이들의 의식은 조금씩 과격해진다. 자신의 몸을 해치거나 위험한 순간을 모험처럼 즐기는 아이가 있는 것이 문제다. 의도치 않은 사고보다 사고의 위험을 알면서도 스릴을 즐기는 아이도 있다. 횡단보도에서 빨간 불이 되기 직전에 최고속도를 내며 지나가는 자전거를 보거나 8차선 도로에서 아무런 거리낌 없이 무단횡단을 하는 아이들을 보면 가슴이 철렁하고 내려앉는다. 또, 도로변에서 장난을 치며 도로 쪽으로 친구를 밀어내는 아이들이나 높은 계단에서 뛰어내리는 아이들을 보노라면 제어되지 않는 행동에 가슴이 졸아든다. 부모의 눈을 장착하니 다른 아이들의 아찔한 순간까지 자세히 보게 된다.

아이에게 우리는 무엇을 바라고 있는 걸까. 그냥 잘 자라주면 좋겠다는 말에는 수많은 부모의 욕심이 투명한 망을 쓰고 있다. 더 나은 성적, 더 좋은 학교, 탄탄한 직업을 가진 아이로 키우기 위해 우리는 너무 많은 조각도를 가지고 있지나 않은지. 아이가 만들고 싶은 것이 부모가 만들어내고 싶은 작품과는 너무 많이 차이가 나는 건 아닌지 한 번쯤 돌아봐야 한다. "이게 다 너를 위해서야."라는 한마디에 순수한 의욕을 제압당하고 온순하게 다듬어진 아이로 조 각되고 있는 것은 아닐까.

공부 좀 못하더라도, 성에 차지 않는 성향이라도, 사고 없이 병 없이 자라준다면 더 바랄 것이 없는 게 어쨌거나 부모 마음이다. 병으로 힘겨운 생활을 하거나 자식을 앞세운 사람의 처지라도 보 게 된다면 다른 건 다 필요 없다며 자식의 안위만 생각하게 된다. 그러나 시간이 지나면 그런 안목에 찌꺼기가 끼고 대부분 아이의 존재만으로 만족하지 않는다. 언제 어디서 욕심의 곁가지가 자라 게 될지.

편식이라는 무서운 단어

식탁에 앉아 밥 먹는 아이를 보며 나는 간드러진 목소리로 유혹한다.

"이것 좀 먹어 봐. 할머니가 길러주신 거야. 맛있어."

한 번이라도 젓가락질을 하면 다행이다. 말하는 반찬마다 젓가락을 피하는 아이를 보고 있자니 울분의 목소리가 급기야 저음으로 변한다.

"못 먹는 거 아니거든. 좀 먹어봐."

아이는 짜증 섞인 행동과 분노의 젓가락질을 해대며 이내 인상을 쓴다. 백 톤의 무게로 겨우 손을 뻗어 반찬에 닿은 젓가락은 입속으로 쉬이 넣지 못하고 이리저리 살피며 슬로비디오를 찍는다.

'거봐. 맛없잖아요.' 이미 맛을 단정했다. 돌 씹는 듯 우걱대며 내 눈치를 살핀다. 즐거운 식사가 되어야 영양소가 오롯이 흡수되는데, 먹고 에너지를 얻는 일이 가끔 엄마의 플러스 고역일 때가 있다.

유난히 키가 작은 데 입까지 짧다. 포대기 아기처럼 귀여워하다가도 식탁에 앉으면 내 음성이 가수 뺨치듯 고음으로 변하기 십상이다. 이것저것 아이 비위 맞추다 콩쥐 엄마에서 팥쥐 엄마로 돌변한다. 변검술을 배우지 않아도 저절로 안색이 바뀌며 좋은 엄마가 한순간 나쁜 엄마로 변한다. 까다로워도 이렇게 까다로운 입이 있나 싶다. 아이는 엄마 하기 나름이라는 말에 다시금 용기를 내어 모나리자의 미소를 찾는다. 갑자기 힘을 빼고 낭랑한 목소리로 새로운 반찬으로 손짓을 하면 아이는 얼른 맨밥을 삽질하듯 퍼 넣고는 식탁을 일어나버린다. 영양은 반찬에 다 있는데. 오늘 하루도 이렇게 허접한 식사를 했다는 것이 못내 아쉽다.

반찬 투정을 하거나 편식이 심할 때면 내 속은 고춧가루를 뿌린 것마냥 욱신거린다. 내가 별나게 구는 이유는 아이가 유별난 입이기 때문이다. 한국 사람은 안 먹고는 못 버티는 김치를 철저히 외면한다. 김치찌개는 아예 식탁에 올리는 것조차 싫어한다. 뭐 김치 갖고 대수냐 싶을 것이다. 다른 아이들도 싫어하는 음식 중 하나일지도 모른다. 문제는 고춧가루가 들어가는 음식을 안 먹는다는 것이다. 우리나라 음식은 죄다 고춧가루인데. 그렇다고 고춧가루를 뺀 동치미, 백김치를 먹는 것도 아니다. 김치의 사촌에 팔촌, 비슷한 종류는 죄다 밀어낸다.

삼겹살에 쌈장도 안 찍는다. 느끼한 고기를 그냥 입속으로 넣는다. 한국 사람의 최애 아이템인 된장찌개는 또 어떻고. 두부도 건져 먹질 않는다. 만만한 계란도 싫단다. 생선은 한두 번은 잘 먹다 세 번째쯤 되면 도리질 친다. 그래도 잘 먹는 건 김과 고기. 어떻게 매일 김과 고기만 먹고 살까. 같이 밥을 먹던 친정엄마가 놀란다. "뭐 저런 아가 다 있노."

한 배에서 난 아이인데도 어쩌면 큰애와는 저렇게 다른지. 김치

42 　　　　　　　　　　　나의 색을 찾았습니다

를 너무 좋아하는 첫째다. 새콤하게 익은 김장김치를 쭉쭉 찢어 먹는 걸 좋아한다. 반찬 없을 때도 따로 걱정이 없다. 따끈한 흰 밥에 김치 하나 얹어주면 쩝쩝 소리 내며 잘도 먹는다. 먹성도 좋고 가리는 음식도 없다. 냉장고에서 손에 잡히는 것 주는 대로 맛있게 먹는다. 가장 좋아하는 음식은 닭발. 두 녀석이 어쩌면 이리도 다른지 엄마인 나조차 신기하다.

참관 수업에 학교에 가면 하나는 늘 뒷자리에 있고 또 하나는 늘 앞자리에 앉았다. 둘째는 왜소하고 키가 작아서 큰 아이들의 먹잇감이 되지나 않을지 늘 노심초사다. 그러나 걱정과는 다르게 아이들과 잘 어울리고 별 탈 없이 지낸다.

편식도 한때의 부모 걱정이라는 생각이 든다. 성장기에 들어오니 편식이 심해도 타고난 키가 있다는 것을 느끼는 요즘이다. 눈에 띄게 부쩍 자라더니 이제는 엄마의 키를 훌쩍 넘었다. 어깨까지 떡 벌어지는 게 아기에서 남자로 변신 중이다. 한번은 콩나물국밥이 먹고 싶다고 했다. 잘 먹지 않았던 음식인데 입맛도 바뀌는가 싶어 열렬히 환영했다. 아이의 주문이 오랜만이라 들뜬 마음으로 요리했다.

여전히 못 먹는 것, 안 먹는 것이 많다. 아이의 편식이 엄마의 잘못된 교육 습관이라 하지만, 별별 노력을 다해본 나로선 꼭 그렇지만 않다. 천성이라는 게 있다. 자궁의 본적은 같아도 두 아이가 이렇게 식성이 다른 것을. 문제는 남의 안목으로 보면 우리 아이 편식에 엄마의 꾸중이 떠나지 않을 것 같다. 귀가 간질간질한 게 어디서 누가 내 욕을 하느냐며 귀를 후비고 있을지도 모르겠다.

나의 아침밥

하루의 건강은 아침에 있다는 말에 주부의 과제가 더욱더 무거워진다. 삼시 세끼 중 왜 아침이 중요한 걸까. 눈을 비비고 일어나면 눈꺼풀에 힘도 없는데 세수를 하고 옷을 입고 곧바로 아침상을 대면해야 하는 아이들은 아침밥을 왜 먹어야 하는지 이유를 모른다. 위장과 몸은 계속 졸고 있는데 갑자기 밥알을 털어 넣는 일이니 아이들 입장에서 거부감이 들 수밖에. 일찍 일어나는 남편은 그런 아이들에게 아침밥의 중요성을 더욱 강조한다.

해 지면 자고 해 뜨면 일어나는 농경사회에서는 아침밥상을 마주하기 전에 땀나도록 일을 했다. 그러니 밥을 많이 먹을 수밖에 없다. 노동하고 먹는 밥은 꿀맛이다. 밤늦게 자율학습을 마치고 돌아오는 아이가 잠드는 시각은 새벽녘이다. 늦게 자고 일찍 일어나야 하는 생활에서 곤히 잠든 아이를 깨우는 것도 미안하고 안쓰럽다. 그래도 푸석한 얼굴로 맞이하더라도 아이 밥을 먹이고 나면 내가 먹은 것처럼 든든하다. 문제는 비몽사몽으로 일어난 아이가 먹을 수 있는 양은 얼마 되지도 않는다는 것. 이런 상황이니 종종 집보

나의 색을 찾았습니다

다 학교 급식을 더 믿고 싶을 때가 있다. 미처 챙겨 먹이지 못한 영양소는 학교에서 대신 채워줄 거라고.

주부는 끼니에 있어 미래를 준비하는 밥상 컨설턴트다. 게다가 가정의 총 책임자 겸 CEO이기도 하다. 그런 역할에 맞게 고충은 크다. 한 끼 먹기도 전에 다음 끼니를 걱정해야 한다. 다른 누군가에게 밥상은 해약 기간이 없는 보험이요, 만료 없는 연금이다. 가끔은 불량 주부라며 아침밥의 종결을 선언하지만, 그것도 집안 나름이다. 수십 년 동안 아침 한 번 굶지 않고 살아온 우리로서는 극히 드문 현상이다.

아침밥은 짧은 시간 동안 정해진 시간이 지나기 전에 차려내야 하는 일이다. 자려고 누웠다가도 이불을 걷어차고 나와 쌀을 씻어두고 냉장고 문을 열고 사색한다. 남아있는 재료로 어떤 음식을 해야 할지 수학적 사고력을 불러들인다. 준비된 재료가 아니라 무에서 유를 창조해야 하는 과학 분야 겸 맛있게 보이도록 해야 하는 예술 분야다. 반찬 없고 먹을 게 없다고 해도 한상 뚝딱 차려내는 기술 또한 주부의 초인적인 힘이다.

이른 아침이면 머리 한번 질끈 동여매고 스타트라인에 서서 출발 자세를 취하는 단거리 선수처럼, 그렇게 보글보글 찌개를 끓이고 반찬을 만들어낸다. 몸도 풀리지 않는 아침에는 거창한 요리보다 국이나 찌개 하나가 껄끄러운 밥알을 넘기기에 수월하다. 국물이 있어야 한다는 무언의 조건은 40여 년을 그렇게 길들여온 남편의 식습관이기도 하지만, 나 또한 하루의 첫 식사를 대충 넘기고 싶지 않기 때문이다.

정성으로 끓인 찌개라도 아예 뚝배기 근처도 오지 않는 아이들의 숟가락을 보고 있자면 시간을 투자해 만들어 놓은 요리의 처지가 한없이 초라해진다. 풀죽은 찌개 앞에서 보란 듯이 아이들을 나무라며 요리의 맛을 권해보지만, 일어나자마자 밥상을 대면해야 하는 아이들의 위는 어떤 음식도 받아들일 준비가 되어있지 않다. 굶고 가는 게 속이 더 편하다고 말하곤 한다.

제 몸무게의 반은 되어 보이는 책가방을 메고 등교하는 고3에게 겨우 밥 한 숟갈 먹였다. 공허한 눈망울에 생기 없는 얼굴을 보면 더욱더 애잔하다. 그런 아이에게 밥심이라도 챙겨놔야 시험문제와 엎어치기라도 할 수 있지 않으랴.

간단한 아침식사를 선호하는 요즘이다. 과일이나 요거트, 시리얼, 한 잔의 우유로 아침을 대신한다. 마트에는 잘 씻고 다듬어진 간편한 찌갯거리가 많다. 1인 시대에 양념까지 다 되어 물만 부어 끓이면 되는 요리다. 간편하고 맛있지만, 워킹맘이 아닌 전업주부에게 돈이 더 소요되는 일은 조금 망설여진다. 일차적인 재료를 사고 다듬고 끓이는 것이 굉장한 시간 소비지만 벌써 많은 부분이 그렇게 길들여져 있다.

우연히 100세까지 정정한 어느 노학자의 아침 식단을 본 적 있다. 양념 없이 최소한의 간으로 영양소가 골고루 갖춰진 식단이었다. 재료에 너무 많은 것을 넣어 형체를 못 알아보는 음식이 아닌 찌거나 삶는 간단한 조리법으로 재료 본연의 맛을 즐기는 것이 건강한 식습관이었다.

앞으로 우리 집 밥상도 간단하면서 간편한 식사로 바꾸고 싶다. 그러려면 40여 년의 습관을 다시 40여 년의 습관으로 바꿔야 할 터. 그 접점에서 남편의 충돌이 만만치 않을 것 같다. 한 사회가 바뛰려면 수많은 갈등과 시위가 찾아오듯, 평화 전선은 쉽게 얻을 수 있는 것이 아니다. 그래도 도전해보련다. 내가 편하기보다 건강을 위해서라고 빡빡 우기면서.

너무 가까워서 모르는 것

"택시 기사 아저씨 줬어요. 왠지 점심도 굶으신 것 같아서."

도서관에서 늦게까지 공부하다 돌아오는 길에 아이가 택시를 탔다. 간식으로 빵을 두 개 챙겨주었는데 하나는 점심으로 먹고 나머지 하나를 가방에 넣어오다 기사 아저씨에게 주고 왔다고 했다. 그말에 나는 깜짝 놀랐다. 자기중심적이고, 날카롭고, 이타심이 사돈에 팔촌도 없다고 생각했던 아이였다. 내 아이에게 이런 면이 있다니. 설사 마음은 있다 해도 말하는 것이 쑥스러워 입을 닫는 것을 숱하게 보아왔다. 기사 아저씨의 어떤 뒷모습이 아이의 눈에 처연하게 보였기에 그렇게 숫기 없는 아이가 부끄러움을 무릅쓰고 빵 봉지를 내밀게 했을까.

나는 내 아이에 대해 어느 정도 알고 있는 걸까. 늘 가까이 있어서, 식구라서, 성격과 성향을 모두 다 안다며 속단하고 있었다.

"우리 아이가 그랬다고?"

초등학교 시절, 학교에서 있었던 일을 어떤 학부모의 입을 통해듣는 순간, 깜짝 놀랄 일이 여러 번 있었다. 평소의 성격이라면 하지 못했을 일을 밖에서는 선뜻 나서서 해낼 때. 그것이 선한 일이거나, 자신감에 찬 일이거나, 남을 위한 봉사라면 더욱 뜻밖의 일이라 놀라게 된다.

나는 왜 아이가 하지 못할 것이라 생각했을까. 자랄수록 자기주장이 강해져 억지 부리는 일이 많아지고, 부모의 말에 공감보다는 삼지창 같은 말투를 던지는 것에 감정의 날이 섰기 때문일지도. 수없이 받아치는 펀치에 연약해진 내 마음이 점차 아이를 삐뚤게 보았기 때문인지도 모르겠다. 사랑이라는 명분으로 모든 것을 받아줘야 하는 부모의 자리를 탓한 적도 있었다. 너 같은 딸 똑같이 낳아 보라며 딸 가진 부모들의 성경 같은 주문을 읊으며 화풀이한 게 얼마인지. 돌아서면 여린 가슴에 눈물을 잠그지도 못하지만, 마주치면 자기 영역 지켜내는 수사자처럼 서로 으르렁대기 일쑤였다. 그래서 우리는 너무 가까워서 서로를 알지 못했고, 가장 용기 있는 것은 감추며 살았던 것이다. 아니 서로 마주치지 않으려 애썼다.

기특한 생각에 한동안 내 마음이 따뜻했다. 그리고 웃었다. 어쩌면 무거운 가방을 들고 나오는 수험생의 모습을 보고 아저씨가 따뜻한 말로 다독여주었는지도 모르겠다. 몇 학년이냐고 물었을 때 지게처럼 무거운 가방을 보며 안쓰러워했을 것이다. 고3이라는 시기를 아버지와 같은 마음으로 위로해주었을 것이다.

기사 아저씨의 반응이 궁금해 물어보았다.

"빵을 드리니까 뭐라고 하시던?"

아저씨는 환하게 웃으며 "이 맛있는 것을." 하며 고맙게 받았다고 했다. 아직은 따뜻한 세상이라며 손님을 기억해주는 순간이었을 것이다. 직업에 대한 고충과 멸시가 있는가 하면, 또 이렇게 딸 같은 손님에게 생각지도 못한 배려를 받았다며 흐뭇해하실지도 모르겠다.

단순히 아저씨에게 빵을 권했다는 점에서 호들갑을 떠는 게 아니다. 내성적이고 숫기 없는 아이가 용기를 내었다는 점을 칭찬하고 싶다. 옷을 고르는데도 당당하게 만져보지도 못하고 내 뒤에서 눈으로만 고를 때, 사람들과의 어색함이 싫어 엘리베이터도 피할 때를 보면서 당당하지는 못하더라도 부끄러움은 없어야 할 거라며 속을 끓이던 적이 많았다.

내가 보는 아이와 남이 보는 아이는 많이 다르다고 한다. 그래서 다른 사람에게 듣는 내 아이의 행동에 놀라기도 한다. 안에서 하는 행동과 밖에서 하는 행동이 다르다는 것은, 그래도 어린 나이에 사회라는 곳을 인지하고 있다는 것이다.

오늘, 생각지도 못한 일을 한 아이가 고맙다. 단순히 내 것이 사라진다기보다 내 것으로 인해 남의 가슴이 채워진다는 것을 몸소 알아내었으니 말이다. 내 배를 채우기보다 남에게 건네는 순간이 더 든든하다는 것을.

가장 잘 안다고 생각했지만 가장 어렵게 보이는 것.

아직도 배워나가야 할 자식 공부다.

나의 색을 찾았습니다

자리를 지키다

　우연히 남편의 일터에 들렀다. 살면서 한 번도 남편의 자리를 본 적이 없어 궁금하던 차였다. 어떤 자리에 앉아 있을까 하며 상상하곤 했는데 막상 일터를 보니 만감이 교차했다. 별다른 것은 없지만 무게가 있는 자리, 우리 가족의 생계를 책임져준 자리다. 갑자기 할머니들이 밭에서 채소를 거둬들이며 이걸로 자식새끼 대학 보냈다던 그런 넋두리 같은 말들이 생각났다. TV를 많이 봐서 그런가. 드라마 속의 휘황찬란한 건물이 아닌 허름한 건물 2층에 책상 몇 개가 전부였다.

　여기서 저기로 부서를 이동하며 자리를 바꾸었지만, 다행히 타 지역으로 이동할 일은 없었다. 대기업 소속이고, 지방 공기업이다. 그 지역에 뿌리를 둔 회사라 남은 정년까지 약간의 이동은 있을지언정 우리에게 주말부부라는 단어는 없다. 지인 중에는 주말부부가 있다. 각자의 위치에서 맡은 일을 하고 주말에만 보는 가족은 서로 애틋하다. 함께 있어 주지 못한 미안함에 격한 감정은 알아서 부드러워진다. 가끔은 떨어져 있는 시간이 너무 길어서 오히려 만날 때마

　　　　　　　　나의 색을 찾았습니다

다 다툰다는 사람도 있는데 아무럼 어떠랴. 그것 또한 사랑의 단편이다. 우리는 주말부부의 달콤함을 평생 느끼긴 못할 것이다.

남편은 부서가 바뀔 때마다 심리적 압박을 받곤 했다. 내가 원하지도 않는 곳, 내가 생각지도 못한 곳으로 발령이 났을 때는 회사를 원망하며 화를 삭이지 못하곤 했다. 조직에서 강등이나 승격은 내가 원한다고 되는 일이 아니다. 위안이 되지 못하는 술을 끌어안으며 마음대로 되지 않는 심정을 누구한테 하소연할 수가 없었다. 같은 직원들은 뻔한 위로의 말뿐이었고 가슴 깊숙한 곳을 적셔줄 어떤 것도 없었다. 회사의 사소한 일을 입 밖으로 잘 꺼내지 않는 과묵한 남편이라 가까이 있는 나는 감으로 분위기를 알아차리곤 했다. 자초지종을 모르니 나도 위로의 대상이 되질 않는다. 낙심과 풀죽음이 몇 번 반복되다 회사를 그만둔다는 말로 끝을 맺곤 했다. 같은 회사 직원이 사직 후 치킨집을 차렸다거나 다른 사업을 벌여 잘 됐다는 소문은 더욱 자신을 나약하게 만들었다. 남편은 일에 대한 의욕에 차 있는 사람이지만 아부에 아첨하는 직원이 빨리 승진하는 회사를 보면서 자존심을 추켜세웠다. 승진, 부서이동, 조직의 관계를 통해 날카로운 담금질을 하며 남편은 이 자리까지 왔다.

아이들이 자라면서 들어가는 교육비가 만만치 않았다. 게다가 경기까지 좋지 않다. 한 집안의 경제를 채우고 비웠던 몇십 년이 지나 급여라는 곳에 초점을 맞추면 이제는 꼬박꼬박 월급 안겨주는 회사를 두둔하지 않을 수 없다. 우리 집 가계는 25일을 기준으로 상승곡선을 그린다. 한 번도 빠짐없는 자동이체 된 월급통장을 보면서 우리는 감사히 여기기 시작했다. 부족하지 않게 쓰고 불편한 것 없이 살았던 날들이 흑백에서 컬러사진처럼 눈에 확연히 들어왔다.

그래서 지금은 이 빠진 호랑이처럼 시키는 대로 순응하기로 한 것 같다.

술 한 잔 들이켜고 기분에 취하며 이제는 회사를 예찬하기 시작했다. 지금처럼 불경기에 학자금 꼬박꼬박 대주고 월급 제때 주는 회사가 흔하지 않다고. 어떡하든지 정년까지는 까딱거릴지라도 목숨 부지해야 한다고. 야망과 야성으로 회사의 부조리를 보며 속앓이를 하던 남편이 변하기 시작했다. 어쩌면 그렇게 합리화를 시키는 것이 불안한 중년을 이겨내기 위한 위안인지도 모른다. 다 때려치운다며(그래도 큰소리칠 곳은 있어야 하지 않나) 부처님 손바닥 보듯 우습게 보던 사람이 자존심 구겨 넣어야 할 돈의 위력을 알았고, 돈의 가치를 알았고, 돈의 위상을 알았다. 이 회사 아니라도 무엇이든 할 것 같은 청춘에서 이제는 함부로 할 수 없는 중년의 위태함까지 맛보며 살고 있다.

오늘도 새치 희끗한 박 과장은 늘 그렇듯 제자리를 지키고 있을 것이다.

나의 색을 찾았습니다

단둘이 떠난 여행

"비행기 타고 제주공항 가고 싶어요."

온순하고 내성적인 아들. 그리고 거칠고 당돌한 딸. 판이한 두 아이가 공통적으로 관심 갖는 것이 하나 있다. 바로 비행기다. 하나는 비행기 자체를 좋아해 운항과 정비에 관심이 있고, 또 하나는 시스템 내부의 승무원이라는 직업에 관심을 보인다. 비행기를 타는 것도 좋아하고 보는 것도 신기해하는 아들의 부탁에 제주도를 가기로 했다. 멀리 해외여행을 하는 게 비행기를 오랫동안 탈 수 있어서 더 좋지만, 입맛이 까다로워 새로운 음식에 거부반응을 보이는 아이는 해외여행이 싫다고 했다. 비행기도 타고 맛있는 음식도 먹을 수 있는 제주도가 좋다며 며칠째 엄마를 졸랐다. 단둘이서. 반쪽짜리 가족 여행이지만 아이의 진로에 영향을 줄 것 같아서 망설임 끝에 떠나기로 했다.

여행을 결정하고 나서 나는 마음이 놓이지 않았다. 설레고 기다려야 할 순간에 어떤 불안감이 계속 찾아왔다. 미지의 세계, 낯선 곳이라는 생각을 떨칠 수가 없었다. 정글에 가는 것도 아니고 무인

도로 가는 것도 아닌데. 마냥 어리다고 생각한 아이와 단둘이 떠난다는 사실에 마음이 낯가림하는 것 같았다. 날짜가 다가올수록 긴장감과 두려움에 차츰 물이 올랐다. 스트레스를 받으면 즉각 어깨가 뭉치는데, 며칠 동안 어깨가 바윗돌을 얹은 것처럼 뻣뻣하고 무거웠다.

'에이. 여행이잖아. 아들과 같이 가는 즐거운 여행 말이야.'

불편해지는 감정을 별거 아니라는 듯이 혼잣말로 쓸어내렸다.

그렇게 며칠이 흘러 공항에 도착했다. 몇 시간 일찍 도착해 수속을 밟고 남은 시간 동안 우리는 대기실 밖의 비행기를 오랫동안 관찰했다. 아이의 눈에서는 빛이 났다. 흥분과 기대에 차 있는 아이를 보고 있자니 마음이 다시 불편해졌다. 하지만 불안감을 들키지 않으려고 얼굴은 웃음으로 완벽히 무장했다.

비행기에 올랐다. 가슴이 두근거렸다. 평소 여행은 고사하고 새로운 길도 가보려 하질 않는 내가 어딘가로 떠나려 하니 마음이 진정되지 않았던 것이다. 이왕 가는 거 아이에게 좋은 영향을 주자며 편하게 마음을 바꿔먹었다.

모든 사람이 여행을 즐기고 여행에서 힐링을 찾지만, 사실 나는 여행을 그다지 좋아하지 않는다. 익숙한 공간, 익숙한 풍경을 바라보는 시선에 오히려 힐링이 된다. 별난 사람, 특이한 사람이라며 놀림 같은 말을 듣기도 한다. 여행이라는 단어 자체가 나에게 설렘보다는 떨림이다. 떨림조차 여행의 묘미라지만, 나는 전생에 새는 아니었던가 보다. 땅 위에서 안정감을 느낀다. 그런데도 아이와 낯선 곳을 떠날 수 있었던 용기를 갖게 된 건 좋은 엄마로서의 의무감을 놓기 싫어서다. 연약함이라는 단어를 놓고 엄마라는 강한 여행자가 되려고 했다.

　기내에서 아이는 한순간도 놓치지 않으려고 카메라를 들이댔다. 구름이 순두부처럼 몽글몽글하면서 일출의 빛이 드리워졌다. 신기한 풍경이 동공에 가득 찼다. 누구와 같이 가느냐에 따라 여행의 시선이 달라진다. 구름 위를 날았다는 자체, 내 몸이 비행기에 있다는 사실, 여행이라는 익숙하지 않은 시간으로 들어갔다는 것에 아이는 흥분과 설렘을 내보였다. 진정한 여행자의 마음이다. 반면에 떨리고 불안하고 긴장감으로 몸이 뻣뻣해진 내가 착륙할 때까지 몸이 굳은 채로 하늘을 바라보고 있었다. 나와 아이의 동상이몽. 서로 다른 말풍선을 띄우며 서로의 감정을 글로 나타낸다면 만화 속의 한 풍경처럼 서로 판이한 장면일 것이다. 웃음이 났다.

　비행기에서 내린 아이가 정해놓은 장소로 나를 안내했다. 마치 이 동네에 몇 번 와본 사람처럼 머뭇거림도 없이 차를 타는 곳으로 안내했다. 간절히 원하면 이루어진다고, 그간 관심을 두었던 마니 아들이 가르쳐준 장소를 어렵지 않게 찾아냈다. 최종 목적지가 바로 이곳이다. 사람들의 발길이 드문 한적한 시골 버스 정류장 같은 곳인데, 비행기가 이착륙하는 모습을 가까이에서 볼 수 있는 최적의 장소다. 아이는 비장하게 삼각대를 설치하고 카메라를 고정시키는 것이 비행기를 위해 하루를 다 소비해도 아깝지 않을 듯 보였다. 그 비행기가 그 비행기 같은 데도 아이는 하나하나 이착륙할 때마다 흥분했고 환호를 질러댔다.

　좋아하는 것이 있다면 품에 안을 수 없을지라도 보는 것만으로 행복하다. 가까이에서 관찰하고 사진을 찍어 소장하는 것에서 아이는 돈으로 환산할 수 없는 기쁨과 만족을 느낀다. 여행을 좋아하지 않는 나지만 이런 아이의 표정을 보니 오길 잘했다는 생각이 든다. 추운 바람에도 아랑곳하지 않고 사진 촬영에 열중이다. 앞에는 공항이고 뒤돌아서면 바다인, 제주도다운 장소다. 그래도 여행지라며 바다를 보며 한껏 기분을 냈다. 서로 등을 바라본 채, 우리는 각자 다른 여행의 의미를 찾았다.

빵빵하게 채웠던 배터리가 다 소모될 때까지 아이는 셔터를 눌렀다. 그제야 무거운 케리어를 끌고 아쉽게 그 자리를 내려왔다. 달달 소리 나는 캐리어 너머로 아이가 말한다. 다음에는 이 캐리어를 끌고 비행기를 운전하는 기장이 되어서 올 거라고. 공항에서 까만 캐리어를 끌고 비행하러 떠나는 어느 항공사의 기장을 유심히 보았던 것이다. 아들이 꿈에 다가가는 과정이 결코 쉽지만은 않을 것이다. 의자에 앉아 바라본 비행기처럼 낮다가도 높아지고, 높다 보면 사라질 수도 있는 게 꿈이다. 그러나 그 바람이 천천히 이륙하면 좋겠다. 흥분과 설렘으로 이 길을 찾아왔듯이, 꿈을 꾸는 긴 시간도 처음의 감정 그대로 날았으면 좋겠다.

나의 색을 찾았습니다

2장

온전히 나를 만나다

나에게 소리란

　지하철역으로 가려고 집을 나섰다. 대문 닫는 소리와 함께 집 밖에서 날아드는 소리는 예견되지 않는 소리의 집합이다. 저벅저벅 발소리에 형체 없는 소리가 분별없이 겹쳐진다. 소음이라는 다소 차가운 소리와 마주하게 되는 건, 아마도 도로에 나오면서부터다. 집을 나온 지 15분. 온갖 역겨운 소리의 파노라마를 한쪽 귀로 들었다. 도로변을 따라 걷는 길은 언제나 나의 신경을 날카롭게 한다. 동굴 같은 지하철역 안으로 들어가면 소리가 하늘로 퍼져나가지 못해 군더더기처럼 울린다. 사람들이 흘려놓는 소리, 밀폐된 공간의 알 수 없는 소리가 나에게 "집 밖은 위험해."라고 외치고 있다.

　불빛과 함께 지하철 특유의 소리가 저 멀리서 들리기 시작했다. "픽" 하는 소리와 함께 안전 유리문이 열리면 뭔가를 예견한 몸이 움찔거린다. 데시벨이 강한 소리는 몸이 먼저 피한다. 차에 몸을 싣고 차의 움직임을 따라가다 보면 쇠를 긁는 날카로운 소리에 신경이 머물곤 한다. 소리가 공기처럼 편안했으면 하는 바람은 조금씩 멀어지고 있다.

나의 색을 찾았습니다

오래전부터 나는 난청이었다. 귀로 들을 수 있는 소리가 한정돼 버렸다. 온전히 내 귀로는 더 이상 대화를 할 수 없어서 보청기를 끼기 시작했다. 극도로 쇠약해진 어느 해, 나는 두 귀 중에서 한쪽 귀의 청력을 완전히 잃어버렸다. 들을 수 있는 하나의 귀도 기계에 의존한다. 보조기를 하며 사는 것은 세상과 연결하고 싶은 간절함이 있기 때문이다. 그것은 오랫동안 나의 소리를 받아주며 내 몸의 일부가 되었다. 기계가 감각의 일부를 차지하고부터 나는 세상을 긍정적으로 바라보았다. 사람 속으로 들어갈 수 있는 기회가 많아졌고, 완벽하진 않지만 삶이 풍요로워짐을 느꼈다.

　그러나 기계는 기계일 뿐이었다. 소리가 소음이 되는 경우를 벗어나 평범하고 싶은 마음은 자주 슬픔으로 찾아왔다. 비워도 퍼내도 자꾸만 고이는 웅덩이 같은 슬픔.

　오래된 것이 주는 편안함이었을까. 낡고 오래된 보청기를 버리고 새 보청기를 들여야 했을 때 상당한 우울증을 겪기도 했다. 이제껏 들었던 소리는 다 거짓이라는 듯, 새로운 소리를 인지할 때까지 소리를 연습했다. 기계마다 소리가 다르기 때문이다. 적응 기간 동안 마음은 우울해지고 피폐해졌다. 소리가 주는 행복과 소리가 주는 슬픔이 공존했다. 이 작은 기계에 내 모든 인생이 좌우되어야 하다니. 버릇처럼 눈물을 훔치며 영원한 기쁨은 없고, 예견되지 않는 슬픔이 나의 곳곳에 있음을 알아갔다.

　단순히 소리를 크게 키워주는 기능 때문에 중요한 사람의 말소리가 자주 가려진다. 미세한 소리도 함께 확대해줘 귀로 들리는 모든 소리가 가끔은 고역이다. 고음의 영역 대에 머무르는 소리는 그야말로 괴로운 소리다. 소리가 사정없이 휘몰아칠 때면 나는 자주 보청기를 뺀다. 그것이 평정심을 찾는 나의 처방이다. 소리를 들어야 하지만 소리 때문에 괴로움을 안아야 하는 아이러니가 있다. 한순간도 소리의 영역을 벗어날 수 없던 곳에서 갑자기 진공상태처럼 고요해지기도 한다. 독방에 갇힌 신세처럼 외로움이 쳐들어올 때도 있지만, 괴로움을 벗어나는 게 우선이다.

가끔은 헬렌 켈러가 공기의 진동으로 상황과 현상을 눈에 보듯 알아차린 순간을 생각하곤 한다. 조금 더 볼 수 있고 잘 들을 수 있다는 것은 축복이다. 없는 것보다 가진 것에 시선을 돌리면 한순간의 괴로움도 사치일 수 있다. 세상과 완전히 단절되지 않았음을 행운으로 여겨야 할지도 모른다. 그러고 보면 그 작은 몸짓에 세상의 소리를 전부 담으려 애쓰는 나의 보청기에 감사할 따름이다.

한 귀로 듣기에 소리의 방향감각도 무디지만, 보청기가 받아내는 소리로 사람들과 관계를 맺고 있다. 때에 따라 사람들이 보는 나는 두 명이다. 눈치를 채지 못할 정도로 완벽한 나일 때도 있고, 대화에 지장을 줄 정도로 장애가 있는 나가 있다.

당연하게 들리는 소리를 힘겹게 들어야 한다는 점, 자연의 소리가 기계에 가려져 인위적으로 들린다는 점, 들어야 할 소리는 놓치고 듣고 싶지 않은 소리에 노출이 된다는 점만 빼면 그럭저럭 괜찮다. 많은 어려움에도 불구하고 나의 결점에 후한 점수를 주게 된 것은, 그래도 내 의지대로 몸을 움직일 수 있기 때문이다. 여전히 내게 소리는 세상을 살아가면서 해결해야 하는 어려운 숙제다. 태어날 때부터 비련의 운명이 아니었던 점은 내가 힘든 시기를 겪을 때 세상을 원망하지 않으며 살아갈 수 있는 동력이다.

나의 색을 찾았습니다

누구나 자신의 의지와 소망만으로 극복되지 않는 점이 있다. 세상에 던져져 살아가고 있는 우리는 그런 점에서 얻을 수 있는 가치가 다복솔이다. 매끈한 길은 빠르고 수월하지만, 깨지고 넘어지면서 가는 길은 그 가치가 몸에 문신처럼 남게 된다.

소리 때문에 마음이 다치고 자존감에 상처가 생기지만, 세상을 다르게 느끼며 살아가라는 신의 계산이 아닐까 한다. 조금 더 자신을 돌아보고 소리의 소중함을 알리기 위함이다. 신이 무작위로 던진 다트판에 랜덤으로 맞은 것일지도. 내 것이 가장 힘들고 무거워 보이지만, 가장 끈기 있게 극복할 수 있는 사람이 또한 나이기 때문이다. 평생 소리와 줄다리기를 하며 살아야 하는 점을 덤덤히 받아들이기로 했다. 이기고 지는 것보다 내 손아귀의 힘을 느끼며 살아가기로 했다. 너무 당연해 잊고 사는 것보다 부족하기 때문에 감사하며 살기로 했다.

요즘은 무선 이어폰이 보청기 모양과 비슷하다. 한때 부끄러운 마음으로 귀를 가리곤 했는데, 택배 아저씨도, 버스 안의 학생도 모두 비슷한 물건을 애용한다. 누군가 무엇이냐고 물으면 최신 무선 이어폰이라며 빡빡 우길 수도 있다. 가끔은 혼자서 중얼거려도 된다.

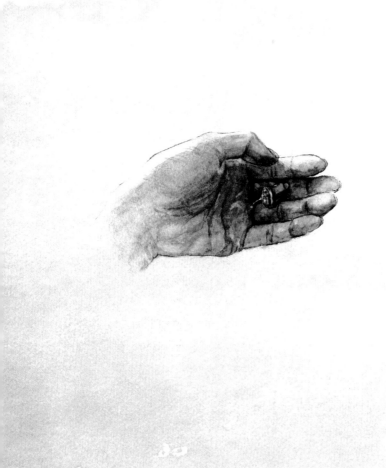

불안정하지만 그럭저럭 괜찮은

온몸의 세포가 수축하는 느낌이다. 가슴이 두근거리고 아무것도 생각나지 않는다. 머릿속은 색깔이 없는 백지상태며 팽팽한 고무줄처럼 끊어질 듯 긴박감이 몸의 곳곳을 장악하고 있다. 튀어나올 듯 벌렁거리는 심장은 갓 잡아 올린 고등어처럼 쉼 없이 팔딱거린다. 장작처럼 굳은 채 누군가 어깨라도 툭 친다면 이내 부서질 것처럼 뻣뻣해졌다.

꽉 막힌 도로 위에서 핸들을 잡고 있는 이 순간, 마치 컴컴하고 밀폐된 공간에 혼자 갇혔다는 생각이 들었다. 이내 죽을 것처럼 공포가 밀려왔다. 물을 빨아들이는 스펀지처럼 온몸이 불안감에 물들었다. 그래도 살아있다는 것을 팔딱거리는 심장이 말해준다. 내가 할 수 있는 일은 그저 시간이 흐르는 걸 기다릴 수밖에. 이 상태에서 가장 생각나는 단어가 '여유'다. 차가운 곳에서 따뜻한 쪽으로 흐르는 공기처럼 스르륵 따뜻한 기운이 몰리면 좋겠다는 생각이다. 차가 움직이고 다른 길로 들어서자 서서히 안도감이 밀려든다.

느닷없이 닥치는 나의 공황장애. 삶의 곳곳에서 나는 이 병과 마주하고 있다.

몸이 긴장한다는 것은 어떤 위험 상황이 닥친 경우란 뜻이다. 수렵 생활에서 동물이 위협적인 행위를 할 때나 긴박한 상황에 닥쳤을 때 일어나는 당연한 몸의 반응이다. 이런 반응이 없다면 아마도 위험 상황에서 재빠르게 벗어날 수 없을 것이다. 사람은 위험으로 몸을 지키기 위한 반사적인 행동에 감사할 일이다. 그러나 긴박한 상황이 아님에도 그런 감정이 생긴다는 것은 몸의 문제다. 그래서 병으로 치부하는 것. 누구나 경험하는 것이지만, 예상하지 못한 순간 수시로 그런 감정이 생긴다는 것은 병의 일부가 아닐 수 없다.

흔히 시험을 앞두고 긴장을 하는 경우가 많다. 큰 기회가 되거나 중요도가 높을수록 기대감이 증폭되어 긴장감을 배로 불러들인다. 어떤 중요한 일을 앞두고 긴장을 하지 않는 사람은 없을 테지만, 문제는 지나치게 긴장을 일으켜 일상생활에 방해가 되는 점이다.

오랫동안 난청을 겪고 살았다. 선천적 장애가 아니라는 점에 초점을 맞추면 불행 중 다행이다. 한 번도 들어보지 못한 목소리를 더듬으며 살아야 하는 운명이 아님에 만족한다. 보청기를 통해 들어야 하지만, 이만한 삶을 유지한다는 것만으로도 감사한 일이다. 타고난 성격에 난청이 더해지면서 나는 많이 연약해졌다. 세상을 헤쳐나가는 용기와 힘보다 난청으로 인한 생채기가 많았기 때문이다. 눈물의 반은 듣지 못한 괴로움의 상처다. 불안정한 귀로 인해 어지럼증이 오고, 이석증과 같은 극도의 어지러움은 공황장애의 도화선이 되기도 했다. 성격처럼 굳어진 내 병들이 차츰차츰 몸체를 불려나가면서 불안함의 자극제가 되었다.

나의 색을 찾았습니다

공황장애. 현대 사회에서 흔한 병으로 분류되고 있다. 스트레스가 주범이 되는 여러 현대병 중 하나다. 연예인 병이라는 이름이 붙을 정도로 연예인들에게 많이 생기기도 한다. 유명한 만화가가 녹화 중 당당히 약을 먹을 때도 있고, 치료를 프로그램에 넣어 사람들에게 병에 대한 인지도를 높여주기도 한다. 정신과 관련된 병 중 하나지만 그만큼 대중적인 병이 되었고, 따뜻한 시선으로 바라볼 수 있도록 모두가 극복해야 할 병으로 인식하게 되었다.

사람은 누구나 연약한 부분 하나씩 안고 산다. 크든 작든 그 연약함으로 인해 더 큰 욕심을 내려놓는다. 그래, 조금 다르면 어떤가. 똑같은 손이라도 지문이 다르듯 살펴보면 저마다 다른 모습을 하고 다른 것들이 주는 의미가 있다. 강하다고 해서 세상을 헤쳐나가기가 쉽고 약하다고 인생이 어려운 것은 아니다.

불경에서는 병이 없기를 바라지 말라고 했다. 몸에 병이 없으면 탐욕이 생긴다고. 이것 아니면 저것, 병일 수도 있고 콤플렉스일 수도 있는 여러 가지들을 우리는 두루두루 안고 살아간다. 그때그때 이겨내거나 끌어안으면서 인생의 한 페이지를 만들고 있다. 힘든 순간들을 찢어버릴 수 없듯이, 삶은 행복과 불행이 교차하는 묵직한 두께의 책이다. 비련의 운명을 가졌다고 슬퍼하지도, 탄탄대로의 삶이라 자만해서도 안 된다. 한 페이지에서 주저앉으면 안 되는 이유는 더 많은 스토리를 써야 할 인생의 페이지가 남아있기 때문이다.

이제는 병의 그림자를 지워낼 수 없다. 평생 난청, 이명, 어지럼증, 공황장애라는 줄줄이 소시지 같은 병을 달고 가야 한다. 그런데 슬프지 않다. 어쩌면 내가 세상이라는 놀이동산에 무료입장권을 내고 경험해볼 수 있는 다양한 경험인지도 모른다. 하루살이의 삶이다 똑같지 않듯이, 각자가 체험한 것이 인생이라며 특별한 감정과 관심으로 여운을 느끼고 있는 것처럼 말이다.

돌아보니 세상의 낭떠러지라고 느끼는 순간이 참 많았다. 취업이나 진로에 실패했다는 사실에서 느끼는 열패감. 나를 뺀 모든 사람만 행복하게 보인 삐딱 심리. 부정적인 모든 생각이 연약한 내 마음을 뚫고 와 병이 되었다. 내적인 병, 외적인 상처를 안고 살아가는 것은 현실에 안주하지 않는 삶을 만들어가는 것이다.

불완전함이 완전함을 찾아갈 때 우리의 삶은 의미가 있다.

나이를 먹었습니다

복숭앗빛 볼 터치를 한 아이들이 옹기종기 모여 있다. 발랐다기보다 색으로 물든 입술은 뽀얀 얼굴에 대비되어 새초롬함을 풍긴다. 단발머리, 까만 교복을 입은 아이들이 쌍둥이처럼 비슷하다. 유행을 따라가는 아이들이 연예인처럼 익숙한 얼굴을 하고 환하게 웃고 있다. 무엇보다 아이들의 탱글탱글한 피부에 시선이 멈춰진다. "화장 안 해도 예쁠 나이."라고 얘기했던 어느 선생님의 말씀이 떠오른다. 그 말의 진정한 뜻을 이제 알았다. 피부가 좋으니 어떤 화장품도 필요 없을 것 같다. 생기와 활력이 덤으로 붙는 아이들을 보면서 나의 지난날을 더듬어 보았다.

대학교에 입학을 하고도 화장을 하지 않았다. 얼굴에 자신 있어서? 아니다. 자존감이 낮았다. 버스가 멈춰 서 있는 정류장에서 나는 고개도 들지 못했다. 익숙하지 않은 것들이 주는 두려움도 있었다. 타지라는 낯선 곳에서 안정을 찾기까지 1년이 흘렀다. 처음 겪는 낯선 생활, 자취 경험에 익숙해지는 것이 외모를 가꾸는 것보다 먼저였다.

나의 색을 찾았습니다

처음 화장을 하고 학교에 갔을 때 친구들의 반응은 이랬다.

"누구세요?"

웬 낯선 여자라는 듯 놀란 얼굴이었다. 아이섀도, 아이라이너, 마스카라까지. 눈에 한껏 힘을 줬더니 달라 보일 수밖에. 다방 아가씨처럼 과한 섀도가 아니었는지 곱씹어 봐도 기억은 나질 않지만, 미술학도로서 최대한 자연스러운 변장술을 했던 건 확실하다. 게다가 나만의 화장철학이 있었다. 하는 둥 마는 둥 아니라, 이왕 하는 거 할 거 다 하자였다. 눈썹만 그린다거나 입술만 칠하는 것은 화장에 대한 예의가 아니라 생각했다. 변신한 내가 좋아 가까운 마트로 외출을 해도 화장은 필수였다. 화장만큼은 귀차니즘의 예외라고 생각했다.

유행에 맞게 화장품도 변했다. 한때 보라색이 짙어 검은색에 가까운 립스틱이 유행한 적이 있었다. 나뿐 아니라 청춘들이 유행을 따라 오싹한 느낌의 입술을 하고서 거리를 활보했다. 나이를 따라가니 화장이 기쁨인 시기가 차츰 줄어든다. 꾸밈이 최대 정점을 찍고 나서 포물선을 그릴 때가 되자, 이제 나이를 의식하지 않을 수 없다. 화장이 기쁨보다 어쩔 수 없이 하는 예의가 되었음은 물론 마음의 주름을 펼 생기를 잃어버린 것이다. 쭐레쭐레 슬리퍼를 끌지언정 완벽한 화장을 했던 내가 사라졌다. 이제는 마트에 갈 때 세수도 하지 않은 채 달려간다. 늘어진 티셔츠와 너덜거리는 무릎은 이제 부끄럼의 대상도 아니다.

'벌써 자랐네. 휴~.'

머리 염색을 한다. 3주만 지나도 이른 봄 새싹이 올라오듯 새치가 요염하게 돋아난다. 이것이 한자리 차지하면 내 기분까지 다운된다. 나이 먹는 것을 가장 일차적으로 알아차리는 순간이다. '벌써' 라는 말을 곱씹은 지가 몇 년째다. 이제는 염색이 자연스러운 습관이 되었다. 필요하면 그것만 보인다고, 홈쇼핑 채널을 돌릴 때 유독 염색약에 눈이 간다. 간편한 방법으로 눈 깜짝할 사이 변신하는 모델들이 구매 욕구를 자극했다. 흰머리는 고사하고 차르르 떨어지는 윤기에 넋을 뺀다. 젊어지고 싶은 마음, 나이를 지우고 싶은 마음은 누구나 갈망하는 본능이다.

마흔과 오십의 중간. 공자의 말씀대로 세상에 미혹되지 아니하고 하늘의 뜻을 알아가는 중간에 왔다. 출렁다리의 중간쯤일까. 알 수 없는 공포와 불안감은 여전히 계속되지만, 익숙함이 주는 안도감이 어쩌면 날이 선 마음을 진정시킨다. 되돌아갈 수 없는 자신의 위치를 알고 나면 용기에 가속도가 붙는다. 흔들리고 무섭고 느린 걸음이지만, 1그램의 용기가 더해지면 손아귀에 힘이 생기고 속도를 낼 수 있고 강해지는 위치기도 하다. 용기는 나이가 아니라 내 마음에 달린 무게다. 나잇살이 늘어나는 것이 아니라 몰랐던 삶을 경험함으로써 얻는 지혜와 성숙이다. 노래 가사처럼 우리는 늙어가는 것이 아니라 익어가는 거라고.

이쯤 되면 결혼의 재무제표로 자신의 모습을 되돌아보게 된다. 이 남자를 만나 그럭저럭 잘 살아왔는지, 박자에 없던 쉼표를 찾으며 나의 위치를 돌아본다. 긍정의 천사와 부정의 악마가 양어깨에 걸터앉아 결혼에 대한 찬반을 펼친다. 중력을 타고 내려오는 피부도 억울한데 새치까지 나온 모습을 보니 허무한 바람이 한겨울 문풍지를 드나드는 시린 바람처럼 처연하다. 뱃살이 영역을 넓히니 몸

나의 색을 찾았습니다

무게가 자동으로 오른다. 명품 백이나 명품 옷 없어도 그 자체로 빛나던 나는 서서히 쪼그라들고 있다. 파장 시간에 놓인 떨이 물건처럼 제값은 고사하고 덤을 끼워도 냉랭한 그런 존재가 되었다. 허겁지겁 헬스장에 집어넣고 몸을 수동으로 움직여본다. 모델의 워킹처럼 우아할 줄 알았는데 뒤뚱거리는 느낌이 나는 것은 기분 탓일까. 내 능력도 맘껏 부리고 싶은데 받아주는 사회는 강심장이 되어야 한다니. 돌아보니 나는 이미 중년이라는 어색한 분류에 속해 있다. 어디에는 뭐가 좋더라는 솔깃한 귀로 건강식품을 고를 땐 반은 야매 의사다. 또 주방에서만큼은 프로페셔널을 외치지만 허무한 메아리다. 해 놓은 것 없이 나이만 먹었나 싶다가도 아이들을 보니 그래도 엄마로서 이루어놓은 것은 있구나 싶어 안도감이 생긴다.

그래. 오늘은 내 인생의 가장 젊은 날이다. 원래 없던 것인 양 과거를 잊고 다시 태어나면 된다. 출발선은 이미 지난 것이 아니라 지금 발 앞에 그으면 된다. 거울을 가까이하기보다 내 안의 숨은 능력을 가까이 해보면 어떨까. 빛나는 것은 양파처럼 겹겹이 쌓여 가장 느리게 보여준다. 그곳에 어떤 색깔로 웅크리고 있을지.

겉모습이 아닌 내 마음은 언제나 소녀다.

자신감은 화려함을 만나

어느 무더운 여름날, 오매불망 버스를 기다리고 있을 때였다. 정류장은 잘 쪄진 찜통처럼 열기로 가득해서 시간이 지날수록 짜증이 올라왔다. 시원한 냉방버스가 어서 오기를. 허나 무언가를 애타게 기다릴수록 시간은 더디 흐른다. 사랑하는 사람을 기다리는 것은 설레고 흥분되지만, 더위 속에서 기다리는 버스는 짜증 그 자체였다.

사람이 증발한 도로는 차들만 북적거렸다. 초점 없는 무료한 시선들이 일제히 차의 질주에 가 닿았다. 전광판에 표시된 도착 시각을 반사적으로 보게 되는 것도 지칠 때쯤, 멀리서 양산을 쓴 어떤 여인이 자분자분 걸어왔다. 한눈에 봐도 키가 큰 여인은 양산부터 범상치 않았다. 레이스가 한가득 달린 검은 양산은 무료한 시선을 한 번에 낚아챘다. 평범함을 넘어 키가 크다는 것이 시선의 대상이 됐지만 다리 아래로 보이는 높은 하이힐도 한몫했다. 가까이 올수록 키뿐만 아니라 차림새도 범상치 않다는 것을 알았다. 버스 정류장에 매달린 시선들이 일제히 그 여인에게 쏟아졌다. 무료한 시간.

안줏거리 하나 마련한 셈이다. 어떤 얼굴을 한 사람인지, 과감한 모양새를 한 사람이 누구인지 너도나도 궁금증을 더했다. 양산을 뒤로 제치는 순간, 오마나. 생각했던 모습과는 완전히 달랐다. 가늠했던 나이가 아니라 더 놀랐다. 가냘픈 다리에 쏠렸던 시선이 얼굴로 옮겨지면서 사람들은 날카로운 눈빛으로 여인을 위아래로 훑었다.

이질성을 느낀 사람들이 똑같은 표정을 하고 있다. 마음으로 '저 나이에 쯧쯧' 하며 혀를 차고 있을지도 모른다. 나 또한 다른 곳으로 시선을 돌리고 있었지만 '저런 분위기를 즐기고 싶을까?'라는 생각이 들었다. 연세가 있으신 아주머니들은 대놓고 찌푸린 표정이었다. 민망하게도 얼굴을 카메라처럼 고정해놓는 사람도 있었다.

얼추 육십 넘어 칠십은 되어 보였다. 잔잔한 주름이 화장에 가려져 있어도 나이 짐작은 가능했다. 한 뼘이나 되는 아찔한 하이힐의 높이가 자존심이라고 하기에는 조금 위태롭게 보였다. 눈을 뗄 수 없는 범상치 않은 의상과 소품이 이 무료한 시간을 때우기에 충분했다. 80년대 갓 신혼여행지에서 돌아온 예복 같은 옷을 이 더위에 입다니. 거창하게 붙인 인조 속눈썹과 화려한 아이섀도가 마네킹처럼 보였다. 시선을 받는 일이 전부인 쇼윈도 속의 슬픈 마네킹같이.

자세히 보니 다리는 살짝 굽어있었다. 반짝이는 스타킹이 여리한 다리를 감싸고 있었지만 아무리 봐도 멋스럽기보다 안쓰러웠다. 위태로운 신발로 한발 한발 걸어 나갈 때마다 사람들의 시선도 함께 따라왔다. 나이와 몸매를 대치해보니 어울리지 않는 자신감이라는 생각이 든다. 시선이 따갑다는 것도 애초에 달관한 사람처럼, 불편한 시선을 밀어내려고도 하지 않는다.

어디서 오는 자신감일까. 젊었을 때는 꽤 멋쟁이였을 것 같다. 무

니의 색을 찾았습니다

용가? 모델? 연극배우? 사람을 선입견으로 판단하는 건 아니지만 왠지 그 사람의 직업을 유추해보고 싶었다. 기억에 강하게 입력된 어느 노인의 차림새에서 나는 자신감이라는 단어를 건져 올려 보았다.

나는 유독 긴 머리를 좋아한다. 짧은 머리는 관리도 어렵지만 나에게 어울리지 않는다고 생각했다. 긴 머리를 선호하는 내게 누군가 머리를 짧게 잘라보라고 했다. 썩 내키지 않는 투로 말하자 다음 말이 날 서운하게 했다.

"나이에 맞게 살아야지."

이제 마흔을 갓 넘긴 그때, 나이를 운운하며 짧은 머리를 강요하는 것이 내 취향만 옳은 것이라는 권위성이 느껴졌다. 마흔 넘으면 다 머리를 짧게 잘라야 하나. 일정한 나이가 되면 옛날 엄마처럼 파마가 빨리 풀릴까 봐 초강력 곱슬 파마를 하고 다녀야 하는 건가. 그리고 보니 그 사람은 항상 짧은 커트였고, 머리카락이 조금만 길어도 정신 사나워서, 단정하지 못해서라는 말을 자주 했다.

나이에 맞게 살라는 말은 때에 따라 탄성을 지니는 것 같다. 개성이 강조되는 지금은 누구나 자기의 독특함을 드러내려고 한다. 어쩌면 그렇게 살아보지 못한 누군가가 한 번쯤 마지막 소원처럼 평범함을 던져버리기도 한다. 평범함에 익숙한 내가 무대 위의 이상적인 사람처럼 살아보고 싶다는 생각이 들 때도 있다.

개성이 강조되고 표현의 자유가 있는 나라에서 마음 내키는 대로 산다 한들 크게 문제 될 것은 없다. 유행을 좇고 대중의 부류에 동질성을 느끼는 나와 눈에 띄게 특별해지고 싶은 나는 우리 몸속에 공존해있다. 평범함을 넘어 다르게, 특이하게, 독특한 나를 만나는 것은 무엇보다 자신감이 바탕이 된다. 외모뿐만 아니라 사람들의 시선을 즐기는 자는 대부분 자신감이 넘친다. 주목받고 집중 받는 삶에서 에너지가 돌고 활기가 넘친다. 뒤로 숨고 밀리며 존재감 없이 나약하게 살아왔던 날이 많아서 자신감이라는 단어는 나에게 낯설고 익숙하지가 않다.

편협된 시선으로 바라보았던 내가 그 여인의 모습으로 하루쯤 살아본다면 어떨까. 나이라는 거추장스러운 잣대를 던지고 자신의 독특함을 자랑스럽게 타인에게 보여줄 수 있는 용기. 그러려면 먼저 따가운 시선을 뿌리칠 수 있는 배짱부터 길러야 할 것이다. 면접관 앞의 신입사원처럼 떨리는 일이다. 다수의 눈짓을 회피하기보다 나에게 던져진 시선을 제압하려는 용기가 필요하다.

연말 시상식에서 보는 연예인들의 관심사는 바로 화려함이다. 그 화려함 속에 자신감도 감춰져 있다. 현실에서 경험해볼 수 없는 멋진 의상과 화려한 메이크업을 받는 모습은 상상만으로도 행복하다. 그 무대에서는 아무도 따가운 시선을 주지 않는다. 그런 화려함을 인정하는 자리다. 어깨가 파인 드레스를 입고 레드카펫을 밟으며 사람들의 환영을 받으며 걸어가는 날이 우리에게도 올까? 글쎄? 재혼이라도 한다면 모를까.

시선을 돌린다. 머리가 떡 지고 코를 고는 남편이 눈에 들어온다.

나의 색을 찾았습니다

친구가 생각날 때

　고등학교 때였다. 내성적이고 조용한 성격의 나는 생활에 큰 변화가 없었다. 반면에 활동적이고 활발했던 한 친구는 조용한 일상도 드라마틱하게 만들어나갔다. 무언가 끓어오르는 의지를 공부가 아닌 다른 것으로 표현했는데, 그것이 규율과 규칙에 대비되는 반항아적인 뉘앙스를 풍겼다. 똑같은 것에서 빠져나오고 싶어 하는 욕망과 똑같은 것에 구겨 넣어야 하는 시대상의 차이로 많은 갈등과 혼란을 겪었다. 그렇다고 자퇴를 하거나 가출을 하는 등 극단적인 선택은 없었지만 자유로움을 갈망하는 감정이 가끔씩 내 눈에 들어왔다.

　교복으로 세상의 규율에 얌전히 순응하다 가끔 과감하게 찢어진 청바지로 자유로움을 만끽했다. 당시에는 두발 자유나 사복이 허용되지 않는 선에서 시선을 끄는 패션이었고, 다소 이단아적인 냄새를 풍겼다. 대중적이지 않은 극소수의 패션으로 치부했던 시기였다. 공교롭게도 아버지가 교감 선생님이라 타의 모범이 되어야 하는 딸이었음에도 친구는 자신의 자유를 누리려고 애썼다. 패션의 권리

마저 부모의 간섭을 받는 것이 싫었고 표현의 욕구가 제한당하는 것을 싫어했다. 권위적인 아버지는 그럴수록 평범한 아이가 되기를 바랐다. 친구는 가끔 옆으로 튀는 엉뚱한 행동을 했고, 고양이처럼 호기심을 감추지 못해 나이 제한이 있는 일도 서슴없이 행했다. 우리가 보지 못했던 감춰진 감정을 가끔 친구들 앞에서 표현하기도 했다. 유유상종이라고, 나는 대부분 나와 비슷한 성격의 친구들과 어울리며 지냈지만 그 친구는 제법 오래 인연의 모서리에서 나와 함께 했다.

어쩌다 보니 같은 대학교 같은 과에 입학했지만 학번이 달랐다. 한 해 재수로 들어온 친구는 뜻하지 않게 나와 선후배로 마주했다. 딱히 나쁜 행동은 아니었지만, 솔직한 감정들을 다듬지 않은 채 날 것 그대로 드러내는 친구를 보수적인 사람들이 받아들이기가 쉽지 않았다. 나 또한 멀찌감치 떨어져 복도에서 마주치는 일 외에는 따로 만나지 않았다.

미술을 전공한 우리는 그림을 그리면서 자신의 감정을 투영했다. 그림을 보면 성격이 보인다고, 화려한 색상과 과감한 형체들로 내재한 감정과 자기표현을 뚜렷하게 나타났다. 친구는 서양화 중에서도 좀 더 세분화된 판화과를 선택했고 자유로우며 스토리가 있는 독특한 그림을 그려나갔다.

굴레를 벗어나고 싶어 하는 성격, 내재된 자유로움은 나이가 들어서도 삶에 고스란히 나왔다. 때 되면 해야 하는 결혼이라는 고정된 틀을 깨고 마음이 원하는 소리에 귀를 기울였다. 다양한 그림을 배우고 싶다던 그 친구는 어느 날 탱화를 배우러 간다며 홀연히 떠나버렸다. 동양화 전공도 아니면서 아무런 연관도 없는 그림에 관심을 보였다는 것이 놀라웠다. 마음만 먹으면 그 즉시 실행할 수 있는 행동력도 부러웠다. 엉뚱한 기질이 있는 아이라도 밝은 성격 때문에 어디서든 재미나게 살 것 같았다.

나는 고정된 프레임에 갇혀 결혼을 당연하게 여겼고, 때 되면 해야 하는 일을 다른 시선으로 본 적이 없었다. 마음이 무엇을 원하였는지도 몰랐고, 내 생각을 돋보기 보듯 자세히 관찰한 적도 없었다. 그저 남들 하는 대로, 유유히 흐르는 물살에 몸을 맡기듯 그렇게 순응하며 살았다. 흰 쌀밥 위의 콩이 아닌 잡곡밥의 보리처럼 존재감을 드러내는 존재보다 어딘가에 묻혀있는 존재로 살았던 게 나였다.

살아오면서 가시에 찔린 것처럼 따끔한 시기를 만나자 그 친구가 생각났다. 어떤 것에 속박되지 않고 자유롭게 날아다니며 새로움을 위해 홀가분하게 떠날 수 있는 그런 새 같은 생활이 부러울 때가 있다. 지켜야 할 둥지와 그 둥지만큼 얽히고설킨 관계를 떨칠 수 없기에 마음은 반대편에 있는 무언가를 그리워하게 된다. 어쩌면 새장의 문을 열어놔도 익숙함에 갇혀 자유를 찾지 못하는 연약함이 피부 깊숙이 내재해 있는지도 모르겠다.

남편을 따라 타 지역으로 오면서 친했던 친구들과의 연락이 뜸해졌다. 처음에는 친정에 들를 때마다 친구들을 만나곤 했는데 다음에 보자는 말이 늘어갈수록 서서히 마음도 멀어졌다. 자주 만나고 몸으로 부대껴야 사람과의 관계를 유지하는 법이다. 온라인으로 연락할 수도 있지만, 그저 그런 안부에 불과할 뿐이었다.

생활 터전이 바뀌자 나는 그 속에서 다시 사람을 늘리며 친구를 사귀었다. 나의 시점을 기준으로 새로운 사람과 공통된 집합을 만들며 살아왔다. 아이 때문에 생기는 친구들이 대부분이었지만, 아이가 자랄수록 엄마의 우정도 자랐다. 경험을 공유하면서 서로의 모습에 영향을 주며 공생하듯 친구들이 만들어졌다.

언니나 동생이 없는 나는 유모차를 밀고 함께 걸어가는 자매의 모습이 너무나 부러웠다. 같은 동네나 같은 지역에 사는 언니 하나만 있어도 외롭고 힘든 시간을 잘 건딜 수 있을 것 같았다. 그런 자매가 없어 육아의 기억은 항상 힘들게 남아있다. 내게 있어 자매는 곧 친구다.

남편도 아이도 아닌, 가족이 아닌 사람임에도 가슴을 터놓고 오랫동안 마음을 주고받을 수 있어야 친구라 할 수 있다. 소유를 자랑하지 않고, 없는 것을 한탄하지 않으며, 공감과 위로의 장이 되어주고 언제봐도 따뜻한 사람이 진정한 친구다. 어린 친구들의 낯설지 않은 브이 사진, 중년의 잔잔한 얼굴, 세월의 미소를 짓는 노년의 사진 속에서 친구와 함께하는 어울림의 모습이 가슴 따뜻하게 느껴진다.

나의 색을 찾았습니다

나뭇잎에 감정을 싣고

　우리 아파트 주변에는 나무가 많다. 조경 분야로 아파트의 가치를 내세웠던 터라 다른 곳에서 볼 수 없는 나무와 꽃, 정자, 인위적으로 만든 실개천까지. 자연의 모습이 제법 많이 담겨있다. 미용이 잘 된 나무가 있는가 하면 사춘기 아이처럼 자유방임적으로 가지가 뻗은 나무도 있다. 정원에 많은 공을 들이는 이곳은 건물이 하늘 높은 줄 모르고 뻗어도 그리 삭막하다는 생각은 들지 않는다.

　쓰레기를 버리기 위해 지나는 길에 늘 마주하는 나무들이 있다. 나의 발걸음 소리와 함께하면서 사계절을 지켜본다. 잎을 달고 꽃을 피워 사람의 시선을 한 몸에 받기도 하지만, 한겨울 밤 으슥한 곳에 외롭게 서 있는 모습을 보면 마치 사람의 한살이처럼 느껴져 애잔했다. 지푸라기로 감싼 옷이 누더기를 걸친 노인처럼 메마른 몸이 삭막하게 다가왔다. 가까이 마주하고 눈을 돋보기처럼 고정해 보면 오랜 세월 햇빛에 노출된 어르신의 목주름 같기도 하고, 코끼리의 두꺼운 피부 같기도 했다. 널찍한 곳에 자리한 배롱나무의 무리는 애처로울 만큼 매끈한 피부를 가졌다. 식구들 북적거리는 고택의 문지방처럼 반들반들하고 연약한 몸을 가졌지만 꽃이 주는 화려함은 절대 연약하지 않다. 잔잔한 붉은 꽃을 박처럼 터트릴 때 사람들은 눈을 떼지 못한다. 나무는 저마다 다른 몸으로 같은 듯 다른 생을 살고 있다.

온도가 올라가고 몸이 누그러지면 한겨울의 스산한 분위기는 이내 자취를 감춘다. 겨울이 한참 지났지만 아직도 옷깃을 여미고 있을 때, 깨알처럼 통통한 싹을 부풀리며 용을 쓰는 나뭇가지는 한참 시선을 머물게 한다. 자연의 경이로움에 시선을 뺏기면 쓰레기를 버리고 돌아오는 길이 때로는 멀기도 하다.

흔히 우리는 나무 자체보다 나무에 달린 잎이나 꽃에 눈길을 준다. 어느 작가가 쓴 글이 생각난다. 나무에 대해 잘 안다고 자부하며 잎이 없는 버려진 나무를 별생각 없이 지나치곤 했는데, 며칠 뒤에 그 나무가 전구처럼 환한 꽃을 피우고서야 그 나무가 목련 나무라는 것을 알았다고. 나무에 대해 잘 안다는 사람도 나무만 보면 잘 모를 수 있다. 나무가 아닌 잎이나 꽃에 대해 아는 것이다. 사람도 마찬가지 아닐까 싶다. 사람 자체보다는 화려한 옷이나 액세서리에 따라 그 사람을 기억하곤 한다.

발밑에 떨어진 나뭇잎을 유심히 보았다. 가느다란 잎맥이 인생의 지도처럼 새겨져 있는가 하면, 나란히 줄 세운 정렬의 미를 볼 수 있는 잎도 있다. 한창 물이 올라 녹즙이 떨어질 것 같은 촉촉한 잎도 있고, 물기를 다 짜내고 바스러지듯 사라질 잎도 있다. 제 나름대로 한생을 살아가는 잎이다. 새순이 나고 잎을 틔우고 나무가 밀어내면 밀어내는 대로 길바닥 어느 모서리를 구르다 땅속으로 스며 한 생을 마무리한다.

한 잎사귀에 사계절을 담은 잎사귀가 있는가 하면, 희로애락을 차례로 담아나가는 잎도 있다. 과한 감정이입인지 모르겠지만 어쩌면 저 잎사귀가 나와 비슷하다는 생각을 했다. 어느 순간부터 잎사귀에 애정이 가면서 나뭇잎의 모습을 마음에 넣었다. 손바닥보다 작은 잎이 주는 삶의 철학을 흰 종이 위에 새기며 부족한 내 인생을 색으로 채워 넣었다.

아파트 노면에 가지런하게 세워진 남천 잎은 늘 나를 잡아당겼다. 복잡하게 얽혀서도 한 덩어리로 뭉쳐 가지런하게 보일 때도 있고, 가지마다 단풍이 들어 화려하지만 차분한 색을 보여주기도 한다. 소나무와 대나무가 늘 푸른 잎을 자랑하며 지조 있게 서 있지만, 아무렇게 말려있는 잎이나 소멸해가는 잎사귀에 내 눈이 닿는 것은 화가의 안목보다도 결점에 의한 동질성이 더 큰지도 모른다. 아무렴 어떠랴. 내 눈이 좋아하고 내 마음이 끌어안는다면 나는 기꺼이 바닥에서 구르는 한 점의 나뭇잎을 오랫동안 애정의 눈으로 볼 것이다.

연장 탓, 공간 탓

　지역 문화 예술회관에서 큰 전시회가 있었다. 1년에 한 번씩 정기적으로 열리는 전시다. 각 지역의 대표 작가들이 참여한 대규모 전시이면서, 동시에 아마추어 작가도 작품을 전시할 수 있었다. 무엇보다 이 전시의 묘미는 작품을 자유롭게 사고파는 기회의 장이라는 것이다. 한 번쯤 들어봄 직한 화가뿐만 아니라 새내기 작가들의 신선한 그림이 전시장을 가득 메우고 있었다.

　찬찬히 전시장을 둘러보며 그림을 관람했다. 사람이 북적이고 특정 행사가 있는 곳은 어김없이 먹거리, 살 거리가 들어선다. 대규모 지역 전시고 그림에 대한 소통의 장이 되는 곳이기에 그림에 관한 상업적인 물건들이 전시장 한쪽에 마련되어 있었다. 번지르르한 그림 도구와 미술 재료들이 작가들을 유혹했다. 그림을 둘러보는 관람자들은 관련 도구에 관심을 가졌고, 도구 하나하나 매달고 있는 가격표는 역시나 높은 숫자들이었다. 좋은 원료가 들어간 것은 항상 비싸다. 가지런히 진열된 붓들은 윤기 나는 매무새로 손님을 유혹했다. 뭐 눈에는 뭐만 보인다고. 마침 붓이 하나 필요했던 참이다. 제한 없이 붓을 만지고 고르며 붓의 느낌을 확인한 나는 하나 가져야겠다는 생각이 강하게 들었다. 수년 동안 쓴 허름한 붓들은 이내 수명을 다했지만 주머니 사정이 여의치 않아 연명하고 있던 터였다. 사기로 마음먹었다. '제대로 된 붓 하나쯤은 갖고 있어야 그림이 잘 나오지.'

붓마다 느낌이 어떻게 다른지 몸소 느껴보라며 맛보기로 사용해볼 수 있도록 팔레트에 물감을 짜놓기도 했다. 수채 물감을 찍어 종이에 문질렀을 때 어떠한 마찰도 없이 부드럽게 나가는 것이 있었다. 내가 가지고 있는 붓과는 차원이 다르게 보드라웠고 천연모라 물을 아주 오랫동안 머금었다. 뻑뻑하고 갈라지는 저가의 인조모를 사용하다 손에 쥔 어떤 동물의 털을 담은 붓은 얼음판 위의 요정처럼 부드러웠다.

역시 손에서 좋은 느낌을 주었던 붓은 상당히 고가였다. 요 자그마한 것이 이렇게나 비싼가 싶어 요리조리 돌려봤다. 질을 생각하면 그만한 금액이 맞지만, 어디 소비자가 생산자의 입장에 있기가 쉬운가. 무조건 싸게 사는 게 장땡이다. 자그마한 붓 하나에 많은 돈을 지불하려니 선뜻 내키지 않는다. 꼭 사야겠다는 처음의 마음은 뒤로 물러났다. 놓았다가 다시 만져보고 또다시 만져보고. 마음의 저울이 수도 없이 오르내렸지만 나는 구석에 놓인 낮은 가격의 붓으로 결정해버렸다.

붓의 질이 궁금해 그 다음 날 바로 사용해보았다. 생각보다 물을 많이 머금지도 못했고 뻣뻣했다. 붓끝이 갈라지며 부드러운 느낌이 아닌 거친 느낌이 났다. 붓 통에 즐비한 여느 붓과 별 차이를 느끼지 못했다. 한두 번 쓰다 이내 붓통에 넣어버렸다. 이 가격의 3배나

되는 그 붓을 샀어야 했는데 하는 후회가 밀려왔다.

그림을 그리며 드는 우울한 생각은, 무언가를 살만한 능력이 없다는 사실이다. 남편의 지갑을 열어 재료를 사야 한다는 사실이 미안하기만 하고, 무능의 영향은 자주 그림에 대한 추진력을 떨어뜨린다. 필요한 재료들을 가격에 상관없이 고르는 가까운 지인들을 보면서 나는 자주 나의 무능을 인식하곤 했다. 단지 재료 때문에.

"좋은 도구 산다고 그림이 잘 나오고, 좋은 재료 산다고 그림이 명품이 되는 것은 아닙니다."

붓 하나 마음대로 고르지 못했다고 우울해하고, 거기서 자신의 무능함을 건지는 나를 보며 누군가 일침을 가했다. 서툰 목수가 연장 탓한다고, 고수가 되기 위해서는 연장이 아니라 노력이라고 했다. 아무리 서툰 연장이라도 성실함과 꾸준함이 바탕이 된다면 최악의 도구도 최고의 도구가 될 수 있다. 값비싼 신품이 아니더라도 내 손에 익은 적당한 도구면 된다. 요리사에게는 성실하게 갈아낸 칼이 고수가 되기 위한 발판이다. 무디고 성긴 칼만 아니면 된다. 비싸고 좋은 것보다 자신의 기술과 노력에 의해 편안히 다룰 수 있는 도구가 최고의 자리로 유도하는 것이다. 몽마르뜨 언덕의 어느 화가는 빳빳하게 땋은 자신의 머리카락으로 그림을 그린다고 한다. 붓 대신 나뭇가지로, 도구 대신 손가락으로 그림을 그려 대가로 인정받는 사람들 앞에서 나는 숙연해졌다.

동영상에서 본 어느 화가의 붓은 닳고 닳아 칫솔모처럼 짧았다. 하지만 화려한 손기술에서 나오는 그림은 그야말로 환상이었다. 연륜이 묻어있는 것은 도구가 아니라 보이지 않는 실력이다. 자연스러운 단 한 장을 그리기 위해 얼마나 많은 시간과 노고가 뒷받침되었을까. 연습 종이가 쌓아 올린 높이만큼, 닳아 없어진 붓털만큼 끈기와 인내를 더한 노력을 지향한다면 많은 사람의 박수갈채를 받고 있을 것이다. 그 속에서 과연 무능과 초라함을 끄집어낼 수 있을까. 닳아 없어진 붓과 수많은 그림 종이의 높이가 자신의 높이다. 나의 무능을 탓하기보다 닳은 붓들과 수많은 습작 종이가 얼마만큼 내 뒤에 쌓여있는지 돌아보아야 할 때다.

연장 탓만 했나. 공간 탓도 했다. 그림을 그릴 마땅한 공간이 없다는 생각을 자주 했다. 집의 가장 안쪽 어두컴컴한 작은 방은 내 자유를 만끽하기에는 너무 작다고 여겼다. 햇살이 들어오는 넓은 공간에서 자유로움을 느끼고 싶은 마음이 수시로 나를 흔들었다. 폴록처럼 액션페인팅을 할 것도 아니고, 100호가 넘는 대작을 할 것도 아니면서 더 넓은 공간만 갈망했다. 작아서, 없어서, 모자라서. 핑계가 액세서리처럼 나를 장식했다.

혼자 무언가에 매달릴 수 있는 독립된 공간이 있다는 것만으로도 감사할 일이다. 어쩌면 집과 분리되어 익숙한 나를 던지고 무언가 새롭게 집중하고 싶은 마음의 소리인지도 모르겠다. 일과 가정을 분리하지 못하고 몰입해야 할 순간에 밥을 하고 빨래를 해야 하는 아줌마의 의무감이 방해요소라 생각했다. 20년 응축된 아줌마 근성이 안과 밖을 구분하지 못한다. 세탁기 알림에 반사적으로 튀어 나가고, 시간의 흐름에 저절로 돌아가는 오르골처럼 엄마의 역할을 떼어내기가 쉽지 않다.

이제는 각자 알아서 할 수 있을 만큼 진심으로 엄마의 역할을 다했다고 생각한다. 엄마가 없으면 안 될 가족에서 엄마가 없어도 괜찮을 만큼 관계의 자립심을 키웠다(아니, 그렇게 해야만 한다). 한 사람의 희생으로 가족의 안위를 세우는 것은 딱 여기까지다. 아이가 성인의 대열에 합류하면서 이제는 받는 것이 아닌 함께 가꾸는 것을 인지시킨다.

엄마의 무채색 인생, 나에게 초점을 맞추고 이제는 알록달록한 색으로 꾸며갈 차례다.

삶의 대비

미술 이론에 색상대비가 있다. 어떤 색이 다른 색상의 영향을 받아서 같은 색이라도 다르게 보이는 현상이다. 쌍둥이처럼 명도와 채도가 똑같은 노란 원 두 개가 있다고 가정해보자. 원의 뒤에 하나는 어두운 배경을, 다른 하나는 밝은 배경을 놓았을 경우 원의 색깔은 어떻게 보일까? 어두운 배경 위의 노란 원이 밝은 배경을 댄 노란 원보다 훨씬 밝게 보인다. 원의 색은 변함이 없고 바탕색의 영향을 받았을 뿐이다. 밝은색 위의 나는 어둡고 어두운색 위의 나는 밝다. 극도로 대비되는 삶일수록 뚜렷한 행복을 가진다. 내 삶에 다른 어두운 배경을 의식적으로 대어볼 필요가 있다. 나보다 더 힘든 삶, 나보다 아래에 놓인 삶, 나보다 더 고통스러운 배경을 덧댄다면 삶이 밝을 수밖에 없다. 그러나 부러움의 대상이 되고 더 많이 가진, 행복한 타인의 삶을 올려다보면 내가 더 어두워지게 마련이다.

내가 행복해지려면 어떻게 해야 할까? 장애, 슬픔, 고통. 내 안에 있는 온갖 우울한 것들보다 더 탁하고 질퍽한 삶을 댄다면 행복의 의미가 상대적으로 변한다. 원래 있던 것이 주는 본래의 가치를 자세히 바라볼 수 있는 힘이 생긴다. 내 슬픔 위에 더한 슬픔을 올리면 지금의 슬픔은 새털처럼 가벼워 보인다.

난청이라서, 남과 달라서 내 자리를 하찮게 여겼다. 그러나 볼 수 있고, 말할 수 있고, 보청기를 통해 내 아이의 목소리를 들을 수 있다는 것은 네 잎 클로버를 얻은 것과 같은 행운이다. 듣지도 보지도 못하는 삶에서 건져낸 축복이다. 인생의 대비를 생각하며 살아가는 우리 모두의 마음속에는 행복과 불행의 다리가 걸쳐져 있다. 각자가 가진 마음으로 건너가는 것이다.

학창시절에 달달 외웠던 미술 이론에서 나는 삶의 방법을 깨달았다. 세상이 주는 마이너스에 플러스가 되도록 살아가는 것이 우리의 삶이다. 가지지 못한 것, 부족한 것을 꽉 채우는 것만이 행복은 아니다. 원래 가진 색에 행복의 원료를 섞어 오랫동안 변하지 않는 색감을 만드는 것이다. 그러려면 마음으로 나오는 색을 눈으로 바라볼 줄 알아야 한다.

아무 특별할 것도 없는 일상이 이토록 감사한 이유를 생각해냈다. 지금의 삶에 대비되는 아픔의 시간이 있었기 때문이다. 바탕이 되는 색이 너무나 짙었기 때문에 지금의 나는 뚜렷한 명도의 보름달 같은 원을 가지고 있다. 내 뒤에 무엇이 있는지, 내 앞에 어떤 색이 있는지는 자신의 삶을 돌아보면 된다.

긴 인생에서 사람들은 많은 변화를 거치며 살아간다. 생의 곡절을 겪으며 좀 더 탄탄한 인생을 살아가는가 하면, 자신의 기준에 따라 느슨한 생을 살기도 한다. 돈과 명예, 병, 사람 관계 등 많은 갈등과 혼란 속에서 그에 대한 생채기를 느끼며 삶을 채워간다. 삶

속에서 큰 고비와 풍파를 만나면 자신을 감싸는 막이 한 꺼풀 더 생긴다. 그래서 단단하다.

인생은 무채색이 될 때도 있고 밝은 유채색이 될 때도 있다. 어떤 한 부분을 크게 부각하며 정지된 삶이라고 느낄 수도 있지만, 삶은 어딘가로 흐르는 물처럼 유동적이다. 맑은 물이 되면 형형색색의 강 풍경을 즐길 수 있고, 흙탕물이 되면 어둡고 탁한 무채색 풍경을 보게 된다. 강가에 안주하지만 않는다면 삶은 유채색과 무채색이 공존하는 세상을 겸허하게 받아들일 수 있다.

순간순간 느끼는 감정들이 쌓여 내 인생의 씨줄과 날줄이 되었다. 지금의 삶이 불만족스럽다면 어두웠던 지난날의 색을 떠올려보자. 때로는 다른 삶의 어두움을 끌어와도 된다. 지금이 가장 행복하고 밝은 때라는 것을.

문화센터 인생

우리는 매일 정해진 시간표대로 부지런히 움직인다. 사회가 정한 분류대로 스치고 모이며 순간을 소비한다. 위치에서 자유롭지 못한 직장인들. 아침이면 인파에 이끌려 전철을 타고, 땀으로 흥건한 셔츠가 말라갈 때쯤 생계에 몸담은 곳으로 던져진다. 마치 태엽을 감은 인형처럼 예정된 시간만큼 쓰고 나면 다시 제자리로 돌아온다. 거대한 자력에 의해 똑같은 일상에 놓이고 주말이 애틋하게 그리워지는 생활이 몸에 스며있다. 무엇이 나를 위한 일이고, 진정 원하는 삶이 무엇이냐며 문득 자신에게 의문을 던진다.

위치에서 자유롭지 못한 가정주부. 월급도 없고 정년도 없다. 성과급, 상여금이 없으니 의욕 저하지만 사랑이라는 보이지 않는 끈으로 근근이 버틴다. 헤어나오지 못하는 집안일에 감정을 저당 잡힌다. 집을 벗어난 커피와 수다는 사람들에게 차가운 시선을 받아야 하고, 많은 시간을 아이의 인생에 관여해야 한다. 직업에 대한 공로를 알아주는 사람 하나 없이 허무한 시간을 견뎌야 할 때도 있다.

고개를 들어 하늘을 보았다. 파란 하늘만큼 내 꿈이 파랗게 물들어 있던 적이 있다. 콩나물시루처럼 빡빡한 일상에서 쳐다본 하늘은 더욱 감질난다. 나를 위한 시간보다 일이라는, 다소 수동적인 삶에 놓여 아무런 감정 없이 시간을 쓰고 있다. 일을 떠나 살 수 없고 가정을 떠나 살 수 없듯이, 이럴 때 복잡한 마음 한쪽에 가장 나다운 것을 비축하면 된다. 마음이 따뜻해지는 것을 찾다 보면 뿌연 일상이 희석된다. 에너지가 되는 무언가를 품는다면 생활이 더 이상 기계적으로 다가오지 않는다. 우리 모두에게는 에너지가 순환되는 그런 의무과목이 하나쯤 있어야 한다.

눈코 뜰 새 없이 바쁘게 살아온 생활에 회의가 드는 시기가 있다. 마치 사춘기의 시선처럼 가슴에 대고 '왜?'라는 의문을 던진다. 무엇 때문에 이렇게 바쁘게 살아왔는지, 나는 지금 삶에 가치 있는 일을 하고 있는지, 내가 진정으로 원하는 삶에 가까이 가기 위해 어떻게 해야 하는지. 한번쯤 나를 콩처럼 볶기 시작할 때가 있다. 제2의 반항기가 아니더라도 나를 되돌아보는 시기를 만난다.

꽉 차 있다고 생각했지만 거품처럼 채워진 공허한 가슴을 알고 나면 무언가를 밀도 있게 채우고 싶어진다. 그래서 사람들은 허기보다 배움을 갈망한다. 책을 읽고 공부하거나 생소했던 취미에 관심을 가지며 배움이 있는 곳으로 몰려든다. 이제껏 타인을 위해 살아왔다면 이제는 나를 위한 시간으로 채워가고 싶어 한다. 집중과 몰입이 주는 기쁨으로 나의 존재를 확인하고 더 성장하는 나로 만들고 싶어 한다. 같은 관심이 쏠린 사람들끼리 서로 공존하며 배움의 장을 넓혀나간다. 그곳이 문화센터다.

아이를 낳기 전까지 일을 했지만 육아로 인해 경력단절이 되었다.

사회로 나가고 싶은 욕구가 뿜어져 나올 때는 이미 나빠진 귀로 인해 더 이상 무언가를 할 수가 없었다. 빡빡한 육아에 조금씩 여유가 생겼을 때, 답답한 마음을 조금씩 터놓고 싶을 때, 처음 문화센터를 찾아갔다. 알록달록한 원단이 무조건 좋았다. 손쓰는 것을 좋아해 바느질하는 일에 저절로 눈이 갔다. 아이의 옷이나 인형을 만들며 마음의 안정을 느꼈다. 비슷한 취향의 사람들과 말을 터놓는 것만으로도 활력이 생겼다. 내 말을 들어주는 사람이 있다는 사실이 곧 마음의 치유제였다. 그렇게 재미있는 일, 흥미 있는 일이 삶의 돌파구가 되었다. 경제활동에 함께 참여하지는 못했지만 단순한 취미 하나가 마음의 위로가 된다는 것을 알고부터는 내가 관심 있고 좋아하는 일을 찾아다니며 배웠다. 단지 감정만 소비시키는 일이 아니었다. 취미와 배움은 다른 나를 만들어내는 성장이었다.

LTE급 변화에 맞게 다양한 강좌들이 하루가 다르게 생겨난다. 학교나 문화센터가 아닌 동아리나 모임을 통해 취미를 공유하는 사람들이 하나둘씩 늘어났다. 관심이 비슷하다면 나이 불문하고 소통의 장이 된다. 다양한 연령대가 모여 머리를 맞댄 채 그림을 그리고, 책을 논하고, 글을 쓴다. 소통이 되는 무언가를 끊임없이 배우고 익히며 자신의 공허함을 채운다. 아주 작은 것이라도 소통과 배움이 어우러지면 성장이 된다. 현실에 도태되고 바람에 밀려나기 쉬운 불안한 마음은 배움의 도움닫기로 성장의 비행을 한다. 소소한 취미가 주는 힘은 심리테라피와 같은 안정감을 준다.

나무도 만져보고, 묵향을 맡으며 글도 써보고, 재봉틀 소리를 들으면서 내 손과 마음은 안정을 찾았고 성취감을 맛보았다. 어느 하나 불필요한 것이 없었다. 모두가 쌓여 손끝에 묻어났다.

길들여진 나에서
자유로운 나를 빼다

　우리 몸에서 두 개가 있는 것은 같은 양의 일을 한다. 귀와 눈, 다리가 그렇다. 그러나 손은 오른손잡이냐 왼손잡이냐에 따라 더 많은 일을 하는 손이 생긴다. 오른손잡이는 항상 오른손으로 무언가를 만들며, 오른손이 왼손보다 많은 일을 한다. 왼손은 단지 오른손이 일을 할 수 있게 조력자 역할을 한다. 글을 쓸 수 있게 종이를 잡아주거나 무언가를 눌러주는 역할 말이다. 그 반대도 마찬가지다.

　손이 공평하게 일하는 때는 컴퓨터 자판을 두드릴 때다. 열 손가락이 다 바쁘지만, 그마저도 마우스는 어느 한쪽 손으로만 써야 한다. 한 손이 다른 손보다 더 많이 쓰인다는 것은 부정할 수 없다. 많이 쓰면 정확하고 익숙해지지만, 쓰지 않으면 도태된다. 모두의 왼손(오른손)에는 새로움과 도전이 밀집되어 있다. 어느 하나에 집중되는 만큼 또 하나는 익숙하지 않은 일에 익숙해진다.

　새로운 것이 주는 낯섦, 익숙하지 않은 것의 불안함이 나를 따라다녔다. 눈에 많이 담을수록, 몸이 기억하는 길일수록 나는 안정감을 느꼈다. 원리원칙만 고수하며 정해진 틀 안에서 움직였다. 낯선 도전은 많은 용기가 필요했기에 불필요한 에너지가 소비되는 것 같았다.

딱딱하고 규칙이 있는 선의 집합. 그림도 성격도 그렇게 변하는 것 같았다. 벗어난 것을 싫어하고 규칙과 규율에 스스로를 가둬놓았다. 그런 속박이 싫지 않았고, 몸이 기억하는 일만 추구하려 했다. 늘 가던 길, 늘 보던 일상. 눈은 새로움을 추구하지만 마음은 안일한 것을 찾았다.

어느 유명 강사가 말했다. 자신의 가장 약한 부분을 끌어올려야 한다고. 늘 잘하는 것보다 자신이 가장 못 하는 것을 잘하게 만드는 것이 자신을 더 가치 있게 만드는 것이라 말했다. 나의 가장 밑바닥에 있는 것이 무엇일까 곰곰이 생각해보았다. 어쩌면 사람들의 칭찬에 자주 오르내리던 것이 아닌 부분에서 힌트를 얻을 수 있다.

무언가에 속박되어 있으면서 자유를 갈망했다. 과감함과 자유로움을 부러워하면서도 익숙한 것에 몸이 안주한다. 나이라는 방패를 들고 성격이라는 창을 들이밀었다. 창과 방패를 들지 않아도 세상은 나를 공격하지 않는다. 그럼에도 단지 나를 에워싸는 두려움이 무서워 익숙한 것들만 찾아다니고 있었다.

흔히 사람들은 길들여진 삶을 벗어나 보는 것이 여행이라고 한다. 새로운 곳에 나를 놓고 나의 신선함을 찾으라고 말한다. 여행은 돌아와야 하는 짧은 순간이고 늘 익숙한 곳에 있기 위한 잠깐의 방황이라며 나는 여행이 주는 의미를 부정했다. 이제는 새로움이 주는 두려움을 조금씩 벗어나 보는 것에 초점을 맞췄다. 노후화된 의식의 부품을 조금씩 갈아 끼울 때가 되었다. 판에 박힌 초콜릿보다 그릇 위에 튄 초콜릿의 달콤함을 느끼고 싶어진다.

당장 떠나지는 않아도 익숙한 삶을 여행으로 여기기 위한 방법이 있다. 그냥 지나치기 쉬운 익숙한 사물도 여행자의 마음으로 바라보는 것이다. 너무 많이 봐서 눈을 마주치는 것이 지겨울지라도. 그럴 때면 보이지 않는 내면으로 바라본다. 돌려보고 뒤로 보고 거꾸로 보고 또 사물의 입장에서 나를 바라보는 연극적 상상을 해보는 일이다. 그것이 익숙함을 떨치고 새로움을 느낄 수 있는 나의 일상에서의 여행 방법이다.

3 장

내 눈에 머무는 것들

식탁의 비밀

결혼하고 전셋집을 전전하며 2년마다 터를 옮겼다. 아이가 자라고 어느 정도 안정감이 들자 내 집을 마련하고 가족의 둥지를 틀었다. 혼수를 산 지도 꽤 되었고 아이가 둘이나 있으니 2인 식탁에서 4인 식탁으로 바꿔야 했다. 새집으로 이사하는 선물로 엄마가 식탁과 아이 침대를 사준다고 하셨다.

감사한 마음으로 엄마와 가구를 보러 다녔다. 재료와 모양에 따라 가격이 천차만별이었다. 선물 받는 입장이라 고가의 가구는 적당히 밀어냈다. 가격과 모양이 무난한 까만 식탁 하나를 골랐다. 집을 정리하고 식탁이 놓일 자리를 기다렸다. 가구 기사들이 어찌나 친절하게 배송해주던지. 새집, 새 가구에 나는 열심히 쓸고 닦고 정성을 들였다.

가구를 맞이하고 며칠이 지났다. 장인정신으로 쓸고 닦는데 아침에 일어나보니 식탁 다리 아래에 톱밥 같은 것이 놓여있었다. '누가 찌꺼기를 흘려놨지?' 아무 생각 없이 또 쓸고 닦았다. 그 다음날도 마찬가지였다. 비슷한 양으로 톱밥이 떨어져 있었다. 처음에는 예

나의 색을 찾았습니다

민하지 않게 넘겼다. 어린아이들이 과자 부스러기를 흘렸거니 하고 생각했다. 이상한 생각이 든 것은 며칠이 지났을 때였다.

'자기 전에 분명히 닦았는데 왜 자꾸 톱밥이 떨어지는 걸까?'

식탁 아래쪽을 유심히 살펴보았다. 육안으로 분별이 되지 않았지만 돋보기처럼 관찰하니 작은 구멍 같은 것이 눈에 들어왔다.

'혹시 요 사이로 벌레가? 악!'

놀란 마음에 AS 센터로 당장 전화했다. 자초지종을 얘기하고 얼른 식탁을 바꿔 달라고 했다. 하루건너 태연하게 온 기사는 미리 해둔 얘기를 듣고 달랑 식탁 다리 하나만 들고 왔다. 정중하게 사과하고 난 뒤 다리 하나를 교체했다. 외국산 나무를 들일 때 소독이 덜 되어 그럴 수도 있다고 했다. 장정 두 명이 와서 나에게 이런저런 설득의 말을 늘어놓으니 나는 홀린 듯 듣기만 했다. 그리고 서비스는 끝났다. 퇴근한 남편이 왜 전체를 바꾸지 않고 다리 하나만 바꿨냐고 역정 섞인 말로 물었다. 그리고 보니 서비스를 받는 입장에서 불만을 완벽히 처리하지 못하고 어영부영한 내가 보였다. 혹시나 이 다리에서 저 다리로 벌레가 옮겨진 것은 아닌지 불안한 마음이 들었다. 벌레라면 아주 질색을 하는 나인데, 다행히 그 뒤로는 아무 일이 없었다. 전체를 바꾸려는 마음은 그렇게 차츰 사라졌다.

이름 난 회사의 제품이었다. 선물 받은 식탁이 기억에 오래 남기 위한 일인가 싶게 지금도 잊히지 않는 웃픈 추억이다. 다 큰 아이에게 얘기했다간 식탁에서 소리를 지를 것 같아 영원히 비밀로 할 참이다. 출생이 꺼림칙해도 우리 부엌에서 한 책무 하는 가구다. 가족의 건강을 책임지고 단란함의 기틀이 되는 장이다. 아이가 방에서 공부하지 않을 때 책상이 되어주기도 하고, 차를 마시며 이웃과 정을 다지기도 하는 소통의 가구다.

  원래는 검은색이고 상판은 유행에 맞게 꽃 한 송이가 누워 있는 식탁이었다. 집을 다시 옮기면서 뭔가 해사한 분위기의 식탁을 만들고 싶어 페인트를 들었다. 의자와 깔개를 몇 번이고 다시 덧씌우며 원하는 스타일로 바꾸었다. 한때 유행하던 유럽식 타일을 깔아 반짝거리는 식탁을 만들었다. 예쁜 접시를 두고 사진을 찍어보기도 하고 맛있게 차린 음식을 놓고 SNS에 자랑질도 했다. 아이가 자라자 이제는 4인용 식탁이 꽉 차며 부대낀다. 아빠와 나란히 앉는 아들이 비좁다며 가끔씩 자리싸움을 한다. 식탁에서 양반다리를 하며 자리쟁탈을 하는 둘을 보자니 이 식탁도 수명이 다 됐나싶다. 잡지책에 나오는 호화스런 긴 식탁에 저절로 눈이 간다. 시원하게 뻗은 식탁에 반찬 하나 짚으려고 가제트 팔이 되어야 하는 건 아닌지. 이렇게 꽉 찬 식탁도 언젠가 둘만 앉아 허전하고 썰렁한 식사가 될지도 모르겠다. 툴툴대며 부대끼더라도 아이들과 추억의 온정을 많이 쌓아놔야겠다.

나의 색을 찾았습니다

한때 나의 소원

작은아이의 방에 한 자리 차지하고 있는 물건은 다름 아닌 피아노다. 가볍고 기능이 많은 요즘 것들과 비교하면 육중한 무게와 어두운 색감은 한 시대를 거스르는 분위기가 난다. 아이들의 손을 거쳐 왔지만 내 어릴 적 기억이 소복이 담긴 피아노다.

어릴 적 나는 어촌마을 한 귀퉁이에 살았다. 문명의 혜택을 누리기에는 조금 외진 곳이어서 피아노를 배우기 위해 제법 먼 길을 다녀야 했다. 학교에 가기 위한 코스로 나룻배를 탔는데, 학교를 마치면 버스를 타고 바로 피아노 학원으로 갔다. 그러니까 집으로 돌아오는 길에는 학원 앞에서 버스를 타고 다시 나룻배로 건너와 집까지 걸어가야 했다. 어릴 때는 피아노가 좋아서 먼 거리를 다녀도 힘들다는 생각은 하지 않았다. 지금처럼 휴대폰을 지닌 것도 아니고 납치나 유괴의 위험이 흔했던 게 아니라, 어린 나이에 혼자 장거리를 다녀도 즐겁기만 했다. 그 속에서 쌓은 추억은 삭막하지 않고 다정했다. 어릴 적 기억을 떠올리기에는 기억의 저장고가 노쇠해졌지만 그런 유년의 기억들이 삶의 감수성을 돋우어 줄 때가 있다. 흔

나의 색을 찾았습니다

한 도시의 삶이었더라면 추억의 앨범을 들춰보는 횟수가 훨씬 줄어들지 않았을까.

그냥 피아노를 치는 게 좋았다. 거대한 악기라서, 흔하지 않은 악기 하나를 다룬다는 생각이 나를 피아노 앞에 머물게 했다. 수업시간 전에 몰래 쳐본 풍금 소리가 마음을 콩닥콩닥 뛰게 하면서 피아노에 대한 갈망이 생겨났다. 내 방에 저 환상의 물건 하나 있으면 착한 일은 수백 번도 하겠다며 산타할아버지가 주는 꿈의 선물을 바랐다.

나룻배를 타지 않는 곳으로 이사했다. 피아노 학원과 가까워졌지만 공부에 가려져 예능에 머무는 시간이 줄어들었다. 학원을 다니다 마는 것을 반복했지만, 여전히 내 마음 한편에는 피아노의 실루엣이 떠나지 않았다.

어느 날 깐깐한 원장선생님이 이유 없이 레슨을 일찍 마쳤다. 그리고는 잔잔한 미소를 띠며 "집에 빨리 가봐. 피아노가 기다리고 있을 거야."라고 말했다. 날아오를 듯 가벼운 몸이 되었지만 집으로 달려가는 길은 마라톤 코스처럼 길게 느껴졌다. 내 겨드랑이 위에 날개 하나가 돋친 듯, 뛰어가는 동안 더 빨리 뛰지 못해 안달하던 순간이 아직도 기억에 생생하다. 피아노에 대해 아는 게 없던 엄마는 원장선생님과 동행해 피아노를 사러 갔다. 그 소식을 제일 먼저 알려주던 선생님의 얼굴은 살면서 가장 '착한 사람'으로 비쳤다. 그때가 내 인생 최고의 기쁨을 만끽하는 순간이었다. 막내딸의 소원에 맞게 피아노가 놓인 자리는 무대처럼 분홍 커튼을 드리워졌다. 한때 나의 사랑을 독차지하며 휘황찬란한 전성기를 누렸던 그 피아노가 지금은 아이 방구석에 처박혀 애물단지 신세가 되었다.

애정의 눈을 하고 따뜻한 색으로 바라봤던 피아노가 차가운 색깔의 레이더망에 덥석 걸린다. 어른이 되고 삶이 씌워놓은 망에 갇히니 돈과 실용을 벗어난 일이 허무하게 느껴진다. 전공할 것도 아니고, 내가 아는 노래 정도만 칠 수 있다면 피아노를 배우는데 들인 시간과 돈이 가당하겠다. 들인 공에 비해 실력은 형편없는 수준이며 시간과 돈과 노력의 희생물이 사라진 후회가 두더지 게임처럼 덥석덥석 올라왔다. 이상하리만치 음악적 감수성은 티끌만큼도 남아있지 않다.

이사를 할 때마다 이사비용을 잡아먹고, 한 번 자리를 옮길 때마다 장정 서너 명의 인력이 필요한 거대한 몸뚱어리를 쉽게 버리지도 못한다. 사랑을 받지도 못하는 처치 곤란의 악기로 전락한 신세는 작은아이 방 한구석에 처박듯 놓여있다. 잊은 듯 지내다가 방을 넓게 쓰고 싶다며 아이가 옮기기를 요구할 때 그제야 피아노의 존재를 알아차린다.

음악을 좋아하고 노래를 좋아한다면 생활의 일부분이 되어 '연주'의 즐거움을 만끽하지만 노래나 음악에 흥미조차 없어진 음악 감성 제로의 아줌마가 되니 자연적으로 악기가 눈에 들어오지 않는다. 생각해보니 나빠진 청력은 모든 소리에 민감해졌고 데시벨이 높은 소리는 귀가 받아들이지 못하며 보청기의 건전지를 빨리 소진시킨다. 그래서 점차 음악을 멀리하게 된지도 모르겠다.

내 경험이 백지가 되었어도 나 또한 남들 하는 대로 음악학원에 아이들을 보냈다. 어떤 부분에서 재능을 찾을 수 있을지 경험해보는 것이 좋다는 전문가들의 의견에 학원 문턱에다 올려놓고 부지런히 아이들에게 공을 쏟았다. 드레스 입고 연주회도 나가고, 제법 오랫동안 건반과 친해지며 악기의 맛을 보았다. 학년이 올라갈수록 뚜껑 여닫는 시간이 더뎌졌고 이제는 피아노 의자에 앉는 것도 어색해졌다. 역시나 시간과 돈을 들였지만 결과는 허무하게 끝났다. "한 곡 연주해봐."라고 자리 깔면 한 손으로 겨우 젓가락행진곡이나 어설픈 동요 한 곡이 전부다. 역시 악기는 소질이 있건 없건 꾸준히 연습해야 하는 진리가 있다. 쉬는 순간 모든 게 원점으로 돌아간다는 것을 알았다.

음악을 진정으로 좋아한다면 삶이 음악이 된다. 클래식뿐만 아니라 대중가요, 팝. 사람들의 감성적 역할에 음악이 많은 부분을 차지한다. 노래방조차 싫어하는 내게 음악은 이제 회피의 대상이다. 시내 광장에서 울리는 감성적인 버스킹도 나에겐 따가운 스피커 소리일 뿐이다.

오래된 나의 피아노 머리 위에는 빛바랜 악보와 책이 그대로 놓여 있다. 내 것과 아이들 것이 섞여 있다가 너무 오래되어 낡고 찢어진 것은 버리고 아이들의 동요집과 체르니 악보 몇 개만 있다. 한때 나의 애장품이었던 피아노가 먼지 옷을 두른 채 붙박이 신세가 된 것이 애잔하다. 나의 어린 추억과 때 묻지 않은 감성이 있었거늘. 변덕스러운 내 취미생활이 다시 피아노에 꽂힌다면 환골탈태할 수 있으려나. 낡아진 피아노가 예전의 소리를 다시 찾을 수 있을지도 모르겠다.

채움과 비움

　가족의 배꼽시계는 생각보다 정직했다. 뭘 먹을지 오늘도 똑같은 고민을 안고 냉동실 문을 열었다. 갑자기 돌덩이가 툭 하고 발등으로 떨어졌다. 타다만 장작불 하나가 발에 떨어진 것처럼 아리고 따가웠다. 발등을 심하게 강타한 물건은 다름 아닌 꽁꽁 얼어붙은 생선이다. 언제 이렇게 무거운 것을 넣었는지 유심히 보니 물기를 빼지 않고 넣어 무게가 불어났다. 하필 문 입구에 되는대로 쑤셔 넣었으니 범인은 나다. 화풀이도 못 하겠다.

　발등을 손으로 주무르며 진정시켰다. 냉장고 속이 꽉 차 더 이상 밀어 넣을 공간도 없다. 어찌어찌 밀어 넣었던 것이 문 입구에서 떨어질 궁리를 하고 있었다. 돌덩이 같은 냉동식품이 흉기가 될 줄이야. 막무가내로 채우기만 한 나를 놓고 질타했다.

　"오늘 뭐 먹지?"와 "반찬 없다."는 말을 입에 달고 사는 내가 장을 보러 간다. 무언가를 가득 사고도 한 끼만 해치우고 나면 또다시 고민에 빠진다. 한가득 사서 냉장고에 넣고 다 소비하기도 전에 다시 장을 보러 간다. 채우고 쌓다 보면 처음에 무얼 사놨는지도 까마득히 잊어버리기도 한다. 미라가 된 생선과 유물이 된 채소를 보며 기억력의 한계를 탓하고 자신을 깎아내린다.

무조건 채운다고 좋을까. 가끔은 바람이 통하는 공간이 있어야 한다. 냉장고도 마찬가지다. 냉기가 드나드는 빈 공간이 있어야 적절한 온도 유지가 된다. 공간 없이 꽉꽉 채운 냉동실일수록 아이스크림이 물컹거릴 때가 있다.

담으려 하기보다 비우며 살 줄 알아야 한다. 우리는 무언가를 비우기보다 채우는 데 익숙해져 있다. 공간은 정해져 있는데 사들이는 옷에 비해 버리는 옷은 적다. 쓰다만 화장품이 화장대를 장악하고 신발장의 신발이 자리가 없어 층층이 쌓여간다. 채우는 데는 노력과 걱정과 근심이 들지만 비우는 데는 미련만 든다.

미니멀 라이프가 유행이다. 거추장스럽고 필요 없는 물건들을 싹 쓸어버린다. 최소한의 짐만 남기고 살아가는 방식이다. 가볍게 살겠다고, 좀 더 여유로운 공간을 누리며 살겠다고, 내 시간을 청소나 정리에 낭비하지 않으며 살겠다고 말하지만, 얼마 되지 않아 이내 또 쌓인다. 마음은 비우고 가벼우나 모아두는 습관을 버리지 못해 다시 처음의 나로 돌아간다. 그러고는 비웠다고, 가볍다고 착각하며 살아간다. 뒤에는 더 많은 물건을 쌓아둔 채로.

비우고 채우며 우리는 살아가지만, 너무 많은 것을 가지고 살기보다 비워진 곳의 여백을 느끼며 살아가는 것은 어떨까.

돈이란

아주 어린 시절, 나는 섬 같은 마을에서 자랐다. 학교나 외지로 나가려면 나룻배를 이용해야 할 정도로 이동하기가 수월하지 않은 곳에서 길지 않은 유년을 보냈다. 다행히 구멍가게가 하나 있어서 아이들이 원하는 과자며 먹을거리를 살 수 있었다. 마을의 중간쯤, 집에서 10분 정도 떨어진 그 가게로 달려가는 길은 언제나 나를 설레게 했다.

일하는 할머니에게 배배 꼬듯 동전 하나를 얻어냈다. 막내 손녀에게 가끔 내주는 돈은 할머니에게 있어 소일거리의 정점이다. 과자 맛을 알아버린 내가 할머니께 받은 100원을 손에 쥐고 가게로 가는 것은 일정하지 않은 나의 행복한 일과였다. 방파제를 따라 길을 걸어가며 어떤 과자를 먹을까 달콤한 상상에 젖곤 했는데 100원으로 누릴 수 있는 행복감은 꽤 컸다.

한번은 뒤에서 오는 어설픈 자전거와 내가 순간적으로 부딪혔다. 눈 깜짝할 사이에 일어난 일에 나는 어안이 벙벙했다. 자전거와 함께 넘어진 나는 아픔보다 당황스러움에 눈만 껌뻑거렸다. 아픔이

나의 색을 찾았습니다

찾아오기도 전에 내 머리에서 피가 난다는 것을 알았을 때, 두려움이 배로 커지면서 그제야 동네가 떠나가도록 울었다.

자전거 주인은 나를 일으켜 부모님에게 데려다주었다. 사고가 난 현장에서 부모님에게 갈 때까지 어떻게 걸어갔는지 기억이 잘 나지 않는다. 아버지는 사고를 낸 자전거 주인에게 다짜고짜 병원에 가야 한다며 화를 내었고, 나는 병원에 가지 않을 거라며 떼를 쓰던 기억만이 어렴풋이 난다. 한없이 쏟아내던 눈물 속에는 손에 쥐고 있던 100원의 행방불명에 대한 슬픔이 더해졌던 것 같다. 100원에 소소한 행복이 들었던 나의 지난날이다.

사람의 행복은 돈에 있지 않다고 하지만 돈이 주는 편의는 사람의 감정을 온화하게 만든다. 돈이 있기에 삶이 여유롭고, 안정적이며, 긍정의 심리를 발산시킨다. 돈은 집과 같다. 돈이 없다면 절망의 짐승이 찾아오고, 마음이 싸늘해지며, 날카로워진다.

무소유로 태어나서 무소유로 죽는 우리는 한평생 돈을 모으기 위해 살아간다. 사는 동안은 돈으로 인해 행복과 불행을 교차로 맛보며 인생을 채워간다. 타고난 돈복은 없어도 내 손에 들어오고 나가는 것으로 생의 가치를 판단한다. 하지만 사람의 욕심은 끝이 없기에 채우고 담으려 하는 마음을 놓을 수 없다.

아이가 졸업하고 알바를 시작했다. 부족한 용돈으로 시작한 일이지만 처음으로 돈을 번다는 것이 흐뭇하면서도 안쓰러웠다. 남의 지갑에서 내 주머니로 돈 넣는 일이 가장 어려운 일이라고, 돈이 생긴다는 들뜸보다 처음 맛보는 사회가 그다지 만만하지는 않다는 것을 알아가는 사실이 가여웠다. 연약한 손끝이 닳아 빨갛게 되어도 힘들다는 내색을 별로 하지 않았다. 과묵한 아이인 것은 알았지만 이렇게 끈기 있는 아이였던가 싶어 새삼 놀랐다. 쉽지 않은 세상이라는 것을 스스로 체득하는 기회라며 내심 물러나 있었다. 아무런 대가 없이 저절로 주는 돈이 얼마나 소중한 것이었는지 알게 되는 기회라 생각했다.

아이의 이불을 덮으려다 팔에 붙여진 파스를 보았다. 그동안 알지 못한 세계를 배우려 한 발짝씩 다가가는 아이. 호기심과 용기가 공존해 미숙한 삶을 채워간다. 그래서 '청춘'이라는 보석 같은 단어가 이름표처럼 붙는 것이 아닐지. 아파야 청춘이라는 말보다 도전해야 청춘이라는 말이 용기가 되었으면 좋겠다. 이미 겁먹고 움츠러드는 어른보다 호기심 어린 눈빛으로 세상에 나가려는 아이들이 덤블링 하듯 자신 있게 뛰었으면 한다. 돈을 번다는 직접적인 목표보다 세상을 배운다는 따뜻한 목표가 더 우선이 되었으면 좋겠다.

나의 색을 찾았습니다

버릴 꽃

"아. 짜식들."

분식집에서 사 먹은 떡볶이는 뱃속으로 사라지고 그릇은 버젓이 꽃이 되었다. 영하권을 맴도는 추운 날씨에 담처럼 둘러쳐진 남천나무는 이 황당한 시추에이션을 어떻게 받아들일지. 상황이 꽤 낯설기도 하지만, 또 한편으로는 동심이 그려낸 개구쟁이의 행동에 웃음이 나온다.

국물이 채 마르지도 않았다. 방금 놓고 간 흔적을 찾아 주위를 둘러보았다. 아무도 없다. 휑하니 몰아치는 찬바람 사이로 인적이 끊겼다. 장바구니를 들고 오던 내 몸도 추위에 움츠러들어 몸이 어서 집으로 가자며 재촉했다. 떡볶이는 사라지고 국물 흔적만 남은 저 그릇을 어떻게 해야 하나 망설여진다. 주위에는 쓰레기통이 없다. 그러고 보니 어느 해부터 쓰레기통이 우체통처럼 귀해졌다.

잠깐이지만 따뜻하고 말랑한 간식이 아이를 만족시켰을 것이다. 학교 앞 문구점에서 파는 싸고 푸짐한 간식은 당연히 떡볶이다. 오백 원짜리 동전 하나로 푸짐하게 먹을 수 있는 것. 국그릇만 한 대접에 가득 담겨 나오니 출출한 아이들에게는 매혹적인 간식이 아닐 수 없다.

　아이의 생일날이었다. 초등학생인 같은 반 친구들을 불러놓고 생일상을 차렸다. 떡볶이를 만드는 중에 밥상에 피자, 치킨, 햄버거, 과자를 먼저 내어 놓았다. 아이들은 선뜻 먹지 않고 기다렸다. 먼저 먹으라는 말에도 일제히 그릇을 들고 떡볶이가 나오기를 기다렸다. 완성된 음식을 내어놓자 앞으로 달려드는 아이들이 마치 하이에나 같았다. 상에 놓인 음식은 떡볶이가 사라지고 나서 해치웠다. 달짝지근하고 매콤한 이 간식은 시대가 바뀌어도 어쩜 이리도 사랑받는지. 중학생이 된 아이가 지금도 그리운 맛을 찾아 초등학교 앞 분식집을 찾곤 한다. 주식(主食)이 된다한들 질리지 않는 음식이라며 큰아이도 작은아이도 떡볶이를 사정없이 좋아한다.

　치킨의 변화만큼 떡볶이도 화려한 옷을 갈아입었다. 마약, 치즈, 짜장, 간장, 불맛, 불닭이라는 수식어를 달고 아이들의 춤추는 미각을 사로잡기 위한 생존경쟁을 하고 있다. 아이들의 최애 음식인 만큼, 떡볶이는 저렴하고 푸짐해서 코흘리개 아이들은 유혹을 이기지 못한다. 그래서 쓰레기가 자주 눈에 띄기도 한다.

　찬바람에 떨어지지 않게 꼬챙이를 끼워 나무와 그릇을 봉합해 놓은 아이의 행동에서 한 편으로 웃음이 나온다. 화단에 던져놓았다면 쓰레기로 보고 그냥 지나쳤을 것이다. 가장 맛있게 먹고 가장 멋있게 버려서 내 눈에 특이하게 들어왔다. 이 깨끗한 아파트에 경비아저씨가 봤다면 쌍수를 들고 뛰어올지도 모르겠다.

　아파트 곳곳에 개구쟁이들의 흔적을 많이 본다. 그때마다 떡볶이

의 흔적이 나타나는 거로 봐서는 방탄소년단만큼 사랑받는 음식이
아닌지.

예쁜 것과 건강한 것

차례로 줄지어 선 마트 채소 코너에는 다양한 야채들이 누군가의 간택을 기다리고 있다. 야채는 장소에 따라 모습이 변하는 것 같다. 마트 안으로 들어온 야채는 재래시장의 그것들보다 다소 모양이 반듯하다. 게다가 랩에 싸이고 스티로폼 받침대에 누워 안전하게 팔리기를 기다린다. 어쩐지 생동감을 제약받는 연약한 병상의 환자처럼 보인다. 더 푸르고 더 싱싱하게 보이기 위해 조명과 데코레이션을 받고, 숙련된 판매원에 의해 얌전하게 누워 있다.

비슷한 쌍둥이 야채들 사이로 더 쌍둥이 같은 야채가 있으니, 바로 비닐을 씌운 인큐 애호박이다. 하나같이 모양이 똑같고 무게도 같다. 거기서 거기라도 더 싱싱한 놈을 고르기 위해 주부들은 현미경 같은 눈으로 관찰한다. 못생겨야 호박이지, 호박꽃도 꽃이냐고 했던 말. 이제는 아니다. 바르고 매끈해야 상품 가치가 있고 사람들에게 환영받는다. 8등신 미스코리아 같은 늘씬한 몸매가 마트 곳곳에 누워 있다.

조직을 치밀하게 하고 병해충을 억제하며 규격화하기 위해 비닐을 씌운다고 한다. 적당히 자라면 반듯한 모양을 위해 비닐에 들어가야 한다. 그렇게 해서 일반 호박보다 몸값이 올라가고 농가소득을 높이는 상품이 된다. 안 그래도 비슷한데 더 똑같아야 한다는 명령을 받은 것처럼 공산주의 냄새를 풍기며 자유를 묶은 것 같다.

미숙아나 출생 때 이상이 있는 아기는 인큐베이터에 들어가 보호를 받는다. 인큐베이터 속 세상은 보기만 해도 측은함과 아픔이 몰려온다. 홀로 세상을 견딜 수 있는 시기가 되어야 상자 밖으로 나온다. 아픈 아기에게 그곳은 엄마의 자궁과 세상을 잇는 연결고리다. 그러나 비닐은 몸을 성형해 규격을 채우는 일이다. 건강하게 몸을 만드는 것과 모양에 맞게 몸을 만들어야 하는 것의 차이를 생각해 본다. 비슷한 이름 하나로 야채 같은 아기와 아기 같은 야채를 생각하며 아줌마의 오지랖 상상을 마트에서 펼치고 있다.

똑같은 모양과 똑같은 중량, 상처 없이 매끈한 몸을 위해 공기조차 희박한 곳으로 몸을 구겨 넣어야 하다니. 쫄주머니처럼 내용물이 가득 채워지면 그제야 상인의 손을 거쳐 마트 진열대에 놓인다. 비닐하우스 안에서 다시 비닐을 입어야 하는 운명. 성장에 필요한 광합성을 제대로 할 수 있을는지 모르겠다. 한 알의 호박 속에 우리가 얻을 수 있는 영양분은 얼마나 될지 문득 궁금해진다. 상업의 체인에 빨려 들어가 한 치의 흐트러짐 없이 긴장하는 그것은 땅 위에서 아무렇게나 뒹구는 호박을 어떻게 생각할까.

재래시장 어느 구석, 플라스틱 통에 담긴 못난이 호박의 자유 속에는 건강함이 있다. 모양은 형편없을지언정 햇빛을 고스란히 받아 영양소가 가득하다. 시골 지붕 위로 아무렇게나 널린 늙은 호박에게는 간섭이 아예 없다. 존재조차 모르다 잎이 다 마르고 나면 그제야 농부의 눈에 들어온다.

　이래저래 인큐 애호박의 측은함을 보았지만, 당장 오늘 저녁 반찬거리를 위해 하나를 고른다. 애처롭고 안쓰러운 마음이 어디에 있었던지. 시를 쓰고 동화를 쓰는 마음은 칼을 드는 순간 매정하게 사라진다. 어떻게 요리할까를 생각하니 머리가 복잡하다. 볶아먹을지, 쪄 먹을지, 전을 해 먹을지. 오늘은 볶아서 국수 위에 얹어 먹을 테다. 비닐을 벗기니 노란 속살이 제법 단단하다.

어항, 또 다른 세상

　투박한 장독대 뚜껑 같은 집터에 물을 채우고 붕어를 놓아두었다. 썰렁한 공간을 메우려 바다에서 주워온 색색의 돌을 깔았다. 행운목에서 따로 떨어져 나온 줄기를 물에 띄워두니 제법 운치가 있었다. 물고기를 키우는 것은 집안 분위기도 좋게 하지만 호기심 어린 아이들의 눈을 위한 일이기도 하다. 물을 갈아야 하는 번거로움 때문에 심하게 반대했지만 결국 내 손보다는 남편의 손이 더 많이 갔다.

　처음 물고기를 맞이한 날은 물고기가 귀찮도록 아이들이 주변을 떠나지 않더니 점차 관심 밖이 되자 어항 근처도 가지 않았다. 결국 밥을 주는 사람은 남편이고 물을 갈 때마다 한 번씩 옮겨야 하는 '묵직한 행사'로 여겨져 모두의 관심에서 차츰 밀려났다.

　처음에는 작은 붕어를 암수 한 마리씩, 짝이 맞도록 넣어주었다. 시간이 흐르자 한 마리는 살아남지 못했다. 한 마리만 남아있는 붕어가 측은하여 또 다른 한 마리를 채워 넣었지만 얼마 가지 않아 사라졌다. 그 어항에는 한 마리만 살아야 하는 이유라도 있는 듯 그렇게 외로움이 둥둥 떠다녔다.

　남편은 회사로, 아이들은 학교에 가고 나면 집에 나 혼자 남는다. 절간같이 조용한 집에서 나는 내 일에 빠져든다. 밖의 소음이 아니라 가끔 내 귀에 들어오는 소리 하나가 있는데 '찰방' 하고 물이 뛰어오르는 소리다. 붕어가 내는 소리라는 것을 알아차리고는 하던 일을 멈춰 한참을 어항에 있는 그 녀석을 내려다보았다. 미동도 없이 몸이 떠 있다는 것이 신기했고, 오랫동안 어느 방향을 응시하고 있는 것이 느림과는 또 다르게 쓸쓸하게 느껴졌다.

　외로움이라는 단어가 찰싹 달라붙었다. 던져주는 먹이에 안일하며 30센티의 우주에서 세상을 살아가고 있는 모습. 그런 세상을 다시 누군가가 바라보고 있다는 것에서 서로의 공통점이 느껴졌다. 나 또한 주어진 시간을 먹는데 쓰고, 어항 같은 세상을 살아가고 있는 나를 어느 누군가가 처연하게 바라보고 있는 것은 아닐까. 비단결같이 고운 주황빛 외모의 그 녀석은 지금 어떤 생각을 하며 한 곳을 바라보고 있는지 궁금하다.

　외로움과 소외라는 단어는 나의 인생에 무늬처럼 새겨져 있다. 휴대폰에 넘치는 이웃이 있고 친구가 있지만 세상의 회오리에서 자주 떨어져 나오곤 했다. 소통의 관문에서 자주 나약해졌고, 슬펐다. 가끔은 세상과 단절되고 싶었고 그럴수록 외로움의 나락으로 떨어졌다. 나는 아무도 없는 어항에 유유히 몸을 맡긴 어둡고 침울한 한 마리 붕어라는 생각이 들곤 했다.

　동그란 먹이 몇 알을 던져주었다. 배가 고프지는 않은지 얼른 낚아채지 않는다. '그래 두었다 먹어라. 너 혼자니 먹이를 가로채는 붕어는 없을 것이다. 그렇지만 언제나 그럴 수만은 없는 일. 또 다른 세상에 던져진다면 처절하게 살아가는 법을 배워야 할 것이다. 그때는 경쟁도 하고 이타심도 발휘하며 생동감 있게 살기를. 나 혼자가 아닌 우리라는 세상에서 따뜻함도 느끼기를.'

변하지 않는 게 없다. 시간이 지나면 모습도 달라진다. 사람의 마음이 그렇고 세월의 이치가 그렇다. 우리 집 어항도 마찬가지. 지금은 물도 붕어도 없다. 그것이 세상이다.

시장의 맛

대구에서 제일 큰 시장에 왔다. 부모님에게 드릴 옷 몇 가지를 고르기 위해 건물 이곳저곳을 누비며 옷가게를 찾았다. 구미에 맞는 물건이 한곳에 딱 놓여있다면 좋겠지만 색깔이 맞으면 치수가 없고, 치수가 맞으면 색깔이 없어 오랫동안 시장 중심을 돌았다. 또 너무 많은 종류 중에서 고르려니 칼 같은 결단력이 나오지 않았다. 마음이 갈팡질팡하며 오전 내내 에너지를 쏟으니 허기가 금방 찾아왔다.

서문시장은 국수 골목으로 유명하다. 물건을 고르러 여기저기 다니면, 가게 사이사이로 국수나 수제비를 파는 가게가 심심찮게 보인다. 숨어 있는 가게가 있는가 하면, 시장 한쪽에는 온통 같은 메뉴의 국수 집성촌이 있다. 허기가 지는 시간에 그 앞을 지나가면 주인장의 손이 갈대처럼 움직이며 손님을 끌어당긴다. 어떤 곳은 테이블도 없이 의자만 놓인 곳도 있다. 불편한 듯 보이지만 주인의 손맛을 알고 나면 그런 불편쯤은 감당할 수 있기에 그곳은 항상 손님이 줄을 선다.

손님과 상인의 바쁜 일상에 한 끼를 더하는 음식으로 국수만 한 게 없다. 싸고, 맛있고, 빨리 나온다는 장점을 가진 국수 한 그릇이면 종일 배가 든든하다. 여기 이 시장은 국수가 정답이다.

남은 빈자리에 끼어 앉는 불편함도 여기서는 당연하다. 낯선 사람과 조우하며 먹는 시장통 국수는 정겨운 냄새가 난다. 혼밥의 어색함은 북적거림에 사라진다. 밥을 먹을 때만큼은 따닥따닥 붙어 앉아 마치 일행인 것처럼 분간되지 않는다. 남은 빈자리에 자동으로 앉으니 주인장은 눈으로 메뉴를 물어본다. "칼제비 두 개요." 외침과 동시에 냄비는 바쁘게 움직였다. 주인장의 기계적인 움직임을 살피며 무료한 시간을 보냈다.

단출한 메뉴 속에서도 국수는 진화했다. 칼국수와 수제비를 고르기 힘들 때 짬짜면처럼 반반씩 섞인 칼제비가 있다.

능숙한 주인장의 손이 세월을 말해준다. 수제비를 뜯어 넣는 손이 리듬을 타고 요란한 냄비뚜껑 소리가 마무리를 알려준다. 뜨끈한 김을 움켜쥔 칼제비 두 그릇이 금방 나왔다. 넓적한 수제비와 쑹덩쑹덩 썬 칼국수를 보자니 침이 먼저 마중한다. 새콤한 깍두기와 마음대로 먹을 수 있는 아삭한 풋고추도 이곳의 매력이다. 어느 집이나 넓은 대접에 푸짐하게 쌓아놓은 풋고추는 시골의 먹성을 부르듯 손이 부지런하게 된다.

나는 칼국수를 좋아한다. 엄마 젖을 떼고 불혹의 나이가 될 때까지, 삶의 곳곳에서 만난 음식 중 내 미각을 꾸준히 끌어당기는 음식은 바로 칼국수다. 화려하지도, 위를 자극하지도 않는 슴슴하고 편안한 맛은 어쩌면 내 성격과 비슷하다는 생각도 든다. 국물에 큰

내공을 들이지 않아도 멸치 몇 마리와 다시마 한 조각이면 익은 밀가루와 잘 융합되고, 거기에 걸쭉한 간장 한 숟갈이면 국물과 면의 완전한 합체다. 국수처럼 화려한 고명을 얹지 않으며, 국물에 호박이나 감자 한두 개만 보여도 그저 반가울 정도로 소박한 음식이다.

　내 유년의 기억 중에서 시장으로 가는 길은 소풍 같았다. 엄마를 따라 가끔 시장에 갈 수 있는 것은 막내의 특권이었다. 엄마 손에 이끌려 시장 입구에 들어서면 맛있는 것을 먹을 수 있다는 기대감이 나를 행복하게 했다. 핫도그와 붕어빵도 맛있지만 엄마가 찾아가는 단골 칼국수 집은 꽤 오랫동안 생각났다. 사는 일에 바빠 자주 나올 수 없는 시장에 오면 엄마는 꼭 연세가 지긋하신 할머니가 운영하는 칼국수를 사주시곤 했다. '할매 칼국수'로 통하는 그 집은 애건 어른이건 한 그릇을 시키면 국수가 흘러넘치도록 담아주었다. 희멀건 국물에 양념간장 한 숟가락을 넣어 저어 먹던 그 맛이 아마 내가 칼국수를 추억의 맛으로 저장해 둔 시작인 것 같다. 뜨끈한 국물 한 그릇이면 한겨울 추위가 다 녹아내린다. 콧물을 훌쩍거리며 후후 불어먹던 칼국수는 내 기억과 엄마의 기억에 데칼코마니처럼 남아 있다. 언젠가 엄마가 이곳 서문시장에 와서 칼국수를 먹었을 때, 우리는 동시에 추억의 할매 칼국수를 떠올렸다. 국수처럼 긴 세월이 아니라서 마음 한편이 쓸쓸했다.

　약간의 맛 차이는 있지만 칼국수 골목에 즐비한 집들은 대부분 비슷한 맛이다. 구수하고 시원한 육수에 끓어 올린 쫄깃한 칼국수는 언제나 혀를 춤추게 한다. 참새가 방앗간을 그냥 지나칠 수가 있나. 시장에 들른다면 꼭 칼국수는 먹고 가야 한다. 바쁘게 장을 보면서도 곳곳에서 뿜어져 나오는 국수의 향기가 발길을 사로잡는다.

　　　　　　　　　　나의 색을 찾았습니다

주인의 손짓이 없어도 냄새가 먼저 손님을 끌어당긴다. 오천 원짜리 한 장이면 든든함이 냄비처럼 끓어 넘친다.

어릴 적 칼국수를 회상하며 시장의 맛을 즐기고 있다.

가장 맛있는 밥

가장 맛있는 밥은 어떤 밥일까. 최고의 요리사가 해주는 밥? 산해진미가 올라온 밥? 잡지에 나오는 화려한 데커레이션 밥? 주부에게는 남이 해준 밥이 가장 맛있는 밥이다. 아무리 가족이라도 삼시 세끼를 차려야 하는 주부라면 끼니 해결이 즐거움보다는 노동으로 다가올 때가 많다. 유명한 요리사가 대부분 남자인 이유는 요리가 일이기 때문이다. 일과 노동이 분리되지 않는다면 능률을 올리기 힘들다.

한때, 요리가 재밌는 시기도 있었다. 내가 만든 밥이 내 가족의 건강을 책임진다는 기특한 생각, 내가 한 요리가 가장 맛있다고 추켜세우는 가족 앞에서 요리는 집안일이 아니라는 생각이 들었다. 밖에 맛있는 음식 차고 넘치더라도 꼭 내 손이라는 양념을 넣어야만 건강하다는 생각이 계속 요리를 하게 만드는 원동력이었다.

몸의 소중함을 깨닫고 먹고 마시는 모든 것의 구심점에 '건강'을 놓았다. 첨가제가 들어간 식품에 의심을 품고, 농약이 덜 들어간 음식을 깐깐하게 고르며, 과학적인 분석과 수학적 셈을 발산해 정성스럽게 한 끼의 요리를 만들곤 했다. 그러나 나의 이런 행동은 아무런 소용이 없고, 오히려 별난 엄마처럼 비춰졌다. 아이는 내 눈에 보이지 않게 고양이처럼 각종 불량식품을 섭렵했다. 주머니에서 매일 화려한 색깔의 불량식품이 과하게 쏟아졌다. 또한 편의점에서 때우는 인스턴트 음식이 많아졌다. 농촌이 고향인 남편은 어촌 출신의 나와는 식성이 달라 '고등어 시래기찌개'라도 하면 못마땅한 얼굴이었다.

음식에 대한 나의 셈법이 틀렸다는 것을 알고부터 의욕이 시들해졌다. 한 끼가 주는 행복과 가치는 점차 방향을 수정하며 나의 원래 의도와 멀어졌다. 메뉴를 고민하고, 장보고, 다듬고, 만드는 일이 이제 거추장스럽게 느껴진다. 만드는 데는 한두 시간, 먹는 데는 5분인 요리를 보면서 허무함이 찾아왔다. 게다가 20년 동안 매일 밥을 한 것이 진부했고, 앞으로도 해야 한다는 것이 허무했다. 그렇다고 먹지 않을 수는 없는 일. 끼니를 챙기는 일이 왜 나에게만 주어져야 하는지. 알 수 없는 굴레를 벗어나고 싶은 생각은 수십 번씩 찾아든다.

소중함을 모르고 지낸 엄마의 밥이 가장 맛있었다. 때 되면 주문하지 않아도 저절로 나오는 밥. 소소하지만 어디서도 맛볼 수 없는 깊은 손맛을 느낄 수 있는 엄마의 밥상이 가장 맛있는 밥이다. 바깥일을 하면서도 때 되면 부엌으로 들어가 밥을 차렸던 엄마의 수고와 노고를 한 번도 생각해보지 못했다. 그때의 엄마도 지금의 나처럼 누군가가 차려준 밥을 먹으며 한 끼 한 끼의 수고로움을 떨쳐보고 싶지 않았을까. 아이 입에 밥 들어가는 것을 보면 안 먹어도 배부르다고 했지만, 노동이 행복이 되는 순간은 그리 길지 않다고 느끼는 요즘이다.

　가족이 다 빠져나가고, 혼자 먹는 점심이 홀가분하다. 부지런함을 내려놓고 먹던 국을 데워 먹거나 반찬통 그대로 식탁에 놓기도 한다. 가끔은 그것조차 성가실 때도 있다. 모임을 그다지 즐기진 않지만, 모임의 백미는 밥이라고 남이 해준 한 끼를 먹을 수 있다는 생각에 들뜨기도 한다.

　집 근처 출판문화센터에는 구내식당이 있다. 오천 원짜리 한 장이면 외부인도 만찬을 즐길 수 있다. 끼니 차리기를 직업으로 삼는 사람들이 차려주는 밥상이다. 공동생활에 맞춘 배식판이 낯설기도 하고 신선하기도 했다.

　납작한 배식판이 볼록하도록 담았다. 한 수저 뜨기 전이 가장 배고플 때라고, 욕심을 내려놓고 먹을 만큼만 담았다. 수저를 드는 순간 행복해진다. 수고스러운 과정 없이 약간의 대가를 지불하고 먹는 밥이 얼마만인지 모르겠다. 뭘 먹을지 고민하지 않아도 알아서 나오는 엄마의 밥상 같다. 받아먹은 밥보다 차려준 밥이 더 많은 시간이 되고 보니 이제는 그 시간이 그리워진다. 지금 내 아이들도 엄마의 밥상을 가슴속에 저장해 두고 있을까? 반찬 투정하는 아이들이 먼 훗날 그래도 엄마의 밥이 맛있었다고 기억될 수 있을지.

　한번쯤 밥에서 자유로워질 필요가 있다. 식당 주인도 다른 식당에서 밥을 먹듯, 내 위치를 객관적으로 볼 수 있기도 하다. 음식 맛을 제대로 느껴보고, 탁 트인 뷰(View)를 감상하며 밥을 음미할 수 있다. 주관적인 나를 빼고 제대로 음식과 대면하며 행복한 맛을 느끼는 중이다.

　배부르게 먹은 후 일어선다. 임금님 수랏상 부럽지 않게 든든하게 배를 채웠다. 일어서는 순간 다시 메뉴 걱정이 몰려온다.

'오늘 뭐 해먹지?'

에고, 이놈의 직업병!

사랑이 있어야지

　몇 년 전에 지인이 고무나무 한 줄기를 잘라 주었다. 큰 화분이 사방으로 가지를 뻗어간다며 얌전한 모양으로 가지치기를 하면서 내게 하나 건넸다. 밑동을 연필처럼 깎아서 물에 담갔다 심어보라고 했다. 두꺼운 잎사귀가 썩 구미를 당기진 않았지만 쓸쓸한 베란다에 하나쯤 놓아두자 싶었다. 솔직히 화려한 꽃을 피우거나 야들야들한 잎사귀가 피는 식물이 관상용으로 좋을 것 같았다. 그렇다고 반려식물을 사서 정글처럼 꾸미지 않는 나이기에, 썰렁한 베란다에 수수한 고무나무 한 그루 두어도 괜찮을 것 같았다.

　이놈은 그다지 잔손을 대지 않아도 알아서 잘 자랐다. 화려한 꽃을 피우고 야들야들한 잎을 가진 식물이 눈에는 좋지만 키우기가 여간 번거로운 게 아니었다. 차가운 한겨울을 고비로 저승길을 떠나는 여린 놈에게 고무나무는 보란 듯이 두껍고 윤기 나는 잎을 자랑했다. 투박하고 털털해 그다지 멋은 없어도 생명력 하나는 으뜸이었다.

　바지런을 떤다고 해서 식물이 잘 자라는 게 아니라는 것은 애초에 알았다. 시야에 적당히 초록색을 안겨주는 것이 좋아 물을 주고 관심을 쏟았지만 결국은 뿌리가 약해지고 시들해져 제 갈 길 가는 식물을 많이 겪었다. 내 몸 하나 건사하기 힘든 시기에는 식물에 애정을 쏟을 여력도 없었다. 내 손을 거쳐 간 여리여리한 식물은 백세 시대에 주인 잘못 만나 장수하지 못했다.

우울증의 포로가 되었을 때가 있었다. 아이로 인한 생활의 변화에 적응하지 못해 마음이 심란할 때 우연히 식물에 눈이 갔다. 주먹만 한 화분을 사서 조금씩 자라나는 과정을 눈으로 담아나갈 때 나는 행복했다. 초록빛이 눈에 들어올 때마다 안정제를 먹은 것처럼 편안하기도 했다. 그때부터 식물이 좋았고 식물에게 마음의 위로를 받았다. 매일 자라나는 모습이 아기마냥 예쁘고 신기했다. 하나씩 모여 나만의 식물 아지트에서 안정의 수혈을 받곤 했는데, 그런 싱싱함의 대가는 사랑이었다. 주인의 사랑과 관심을 먹은 화초는 튼튼하고 건강하게 잘 자란다는 것을 알았다.

세월의 변화를 느끼면서 마음에 봄이 오기도 하고 겨울이 오기도 한다. 다른 곳에 관심이 쏠려있는 나에게 화초는 이제 기쁨보다 귀찮음으로 다가왔다. 사랑과 관심을 먹지 않은 화초들이 새침하게 떠나기도 했다. 주인의 발자국 소리를 듣고 자라는 농작물처럼 식물도 사람의 관심을 받으려 한다. 아이처럼 칭얼대지 않아 모른 척할 수 있지만 떠날 땐 냉정하다.

있는 듯, 없는 듯 마음 주지 않아도 최소한의 생명수만 주어도 목숨 부지하고 악착같이 살아내는 기특한 식물이 고무나무다. 흔히 선인장이나 다육식물이 물을 많이 먹지 않아 키우기 수월하다지만, 영하를 맴도는 베란다에서 견디기는 힘들다. 그래서 계절이 바뀔 때마다 방으로, 거실로 옮기느라 주인의 진을 다 뺀다. 이 고무나무는 추운 베란다에서도 묵묵히 잘 견딘다.

문을 닫고 사는 계절이라 눈길도 주지 않았는데 오늘 보니 말라들어가는 잎이 시위를 한다. 어서 물 달라고. 주인의 관심 밖이라 짜증이 났는지 아예 누워서 자라려고 한다. 내년에는 분갈이라도 하고 영양제 한 대라도 좀 놔야겠다. 이제 우리 집에 초록색은 고무나무 이 녀석밖에 없다.

나의 색을 찾았습니다

어느 날, 문득

집과 마트는 길 하나를 사이에 두고 가까운 곳에 있다. 장을 보기 위해 늘 지나가는 길. 무릎을 살짝 건드리는 높이의 식물 하나가 내 눈에 들어왔다. 전봇대 밑에서 언제부터 자리했는지 동전보다 작은 보도블록 숨구멍 사이로 용케 안착했다. 전봇대가 지주처럼 서 있는 세간살이가 제법 마음에 드는지 뿌리와 줄기는 키 작은 나무처럼 튼튼해 보였다.

시선을 건드릴 만한 크기가 되지 않았기 때문에 미처 몰랐던 것이다. 눈을 고정하고 보니 어디서 본 적이 있는 식물이다. 기억을 탈탈 털어내어 먼 기억을 불러들였다. 꽤 안면 있다. 새끼손톱보다 작은 하얀 꽃이 달렸고, 초록과 검은색의 깜찍한 열매를 오종종 매달았다. 마트로 가는 가벼운 손일 때는 호기심 어린 눈으로 보고 무거운 장바구니가 들렸을 땐 그냥 지나친다. 갈 때는 다정하지만 올 때는 냉정한 어쩔 수 없는 아줌마의 최소한의 눈 맞춤이다.

시골에 가면 온 천지에 널린 것이 이런 풀이다. 마치 시골에선 너무 흔해서 인정해주지 않자 귀한 곳에서 대접받을 사람처럼 상경했는지, 차가운 건물과 무채색의 도시 속에서 열매가 있는 풀에 자꾸만 눈이 갔다. 전봇대 밑 척박한 땅에서 간신히 살아가는 식물이 마치 "나를 좀 본받아 봐." 하고 말하는 것 같다.

어릴 적 풀숲 우거진 과수원 길에서 본 것 같기도 하고, 시댁의 밭두렁 길에서 마주한 적 있는 것 같은 이 풀이 도시 한가운데, 그것도 전봇대 밑 보도블록 틈새에서 자라나고 있다는 것이 반가웠다. 고작 몇 센티 되지 않은 터에 뿌리를 내린 것이 대견하기도 하고, 살아볼 거라고 안간힘을 쓰는 것을 마주 보고 있자니 기특하기도 하다.

화분에 담겨있다면 분명 식물 애호가들이 좋아할 것이다. 꽃도 피고 열매도 맺으니 관상용으로도 그만이다. 생긴 것이 블루베리나 아로니아 나무를 연상케 한다. 그릇이 중요하다고, 길거리 노면에 피어있을 뿐 본디 대접받을 만한 식물이라는 생각이 흠씬 든다.

이름이 입에서 맴돌 뿐 기억이 나질 않는다. 사진을 찍어와 문학적 감성이 있는 단톡방에 올려 이름을 가르쳐달라고 했다. 재빠른 언니 하나가 '까마중'이라며 이름을 보내왔다. 뉘신지 알았으니 그에 대해 좀 자세히 검색해봤다.

검게 익은 열매가 스님의 머리를 닮았다 하여 '까마중'이라는 이름이 붙었다. 항암효과가 뛰어나 약재로도 쓰인다고 하며, 옛날에는 산과 들에 지천이던 잡초다. 옛 어르신들은 까맣게 익은 열매를 따 먹으며 출출함을 달랬다고 한다. 뱃속의 허전함을 채우기 위해 먹다가 손톱과 입술이 까맣게 물드는 재미는 나무 위에서 나는 오디뿐 아니라 허리를 굽혀 쉽게 따는 까마중도 한몫을 했다고 한다.

빵 굽는 냄새가 솔솔 나는 베이커리가 바로 몇 발자국 앞에 있다. 유치원이 있고 학원가가 즐비해 꼬맹이들이 차를 타기 위해 전봇대 옆에서 길게 줄을 서기도 한다. 달콤한 빵을 물고 까마중 옆을 지나가는 아이들이 까만 열매가 먹는 것이라는 말을 들으면 믿을 수 있을까. 아마 까마중 같은 눈을 끔벅거리며 놀랄 것이다.

어쩌다 바람 따라 뿌려진 씨앗 하나가 자라나 누군가의 시선을 끌었다. 낯익은 잡초의 생소함이 아니라 발 디딜 수 없는 작은 터를 잡고 끈질기게 살아가는 것에 마음이 간다. 날씨 예보에서 곧 깜짝 추위가 온다고 하던데. 그 시기를 무사히 견딜 수나 있을지.

며칠 뒤, 예상대로 깜짝 추위를 이기지 못한 까마중은 생명의 색깔을 놓고 철퍼덕 미역처럼 말라붙은 채 길바닥에 누워 있었다. 뿌리는 몇 센티의 땅에 그대로 박아놓고 말이다. 한 해를 살아가는 생명은 짧지만, 누군가의 가슴에 들어왔다면 그 씨앗은 죽지 않고 매년 자라날 것이다. 눈길 주지 않는 하찮은 곳일지라도.

나의 색을 찾았습니다

사랑을 주기엔
너무 먼 개님!

귀엽고 사랑스러운 강아지. 어떤 때는 반려견이 사람보다 훨씬 더 심신의 안정을 준다. 웬만한 남편보다 강아지가 낫다며 노후에 강아지를 키우는 어르신을 심심찮게 본다. 주인의 눈에서 꿀 떨어지는 애정을 받는 요즘, 멍멍이 팔자가 사람보다 낫다며 서열에서 밀려난 남편들이 뒤에서 수군거린다.

한때, 나는 강아지를 너무나 좋아했다. 우연히 이모 집에서 새끼 진돗개 한 마리를 얻어왔는데 정이 많은 나는 누구보다 애정과 사랑으로 돌봤다. 인형처럼 복슬복슬한 털이 그냥 좋았고, 밥을 먹이며 쌓이는 애정에 수시로 마음이 강아지에게 갔다. 나를 따르는 존재가 있다는 것이 신기했고 일거수일투족 애완견의 사생활에 참견했다. 긴 사연을 겪은 후 어쩔 수 없이 강아지를 이모 집으로 돌려보냈는데 며칠을 앓아눕듯 괴로워한 적이 있었다. 그때 사람의 정보다 동물과의 정이 더 무섭다는 것을 알았다. 나는 오랫동안 정든 강아지를 잊지 못했다.

그런 내가 강아지와 개를 싫어하게 된 사건이 있었으니…

나의 색을 찾았습니다

고등학교 3학년 때다. 수능을 치고 나서 (미술)실기 시험을 치르기 위해 늦은 밤까지 학원에 남아 있을 때였다. 시험이 바짝 코앞으로 다가왔을 때라 마음이 급했다. 집이 멀었기 때문에 오며 가며 허비하는 시간이 아깝다고 여겨 아이들과 함께 학원에서 밤샘 작업을 했다. 그 당시 원장님은 처음 학원을 운영했던 터라 아이들이 합격할 수만 있다면 밤에도 문을 열어 그림을 그릴 수 있도록 배려를 해주셨다. 정물이 놓인 수채화와 정교하게 조각된 석고상을 그리는 것이 나의 실기 시험이었다. 어떤 소재가 나올지 모르기 때문에 시험 때까지 무조건 많이 그려보는 것밖에 방법이 없었다. 다들 밤새도록 열심히 그렸다.

새벽으로 향하는 시각. 저녁을 먹은 지는 꽤 오래되었고, 그림에 대한 열정과 에너지를 쏟아내느라 몸이 지칠 때쯤이었다. 한참 먹성이 좋을 때라 그냥 잠들기도 허전했다. 아이들이 배고프다는 소리를 여기저기서 외치기 시작했다. 문제는 누가 편의점으로 가느냐인데, 춥고 피곤하고 배고픈 아이들이 모여 대한민국의 가장 공정한 게임인 가위바위보로 정했다. 나는 아닐 거라는 생각으로 손을 내미는 순간, 보기 좋게 대여섯 명의 아이들 중에서 꼴찌를 하고 말았다.

거부의 의사도 없이 나는 주섬주섬 옷을 챙기며 아이들에게 메뉴를 물었다. 늦은 밤이라 간단한 과자며 빵을 사 먹기로 했다. 편의점이 멀지 않아 혼자 가는 것이 위험하다는 생각은 그다지 하지 않았다. 아이들의 간식거리를 손에 쥔 내가 개선장군처럼 문을 박차고 들어올 것이라는 생각뿐이었다.

추운 겨울 늦은 밤. 주택가 사이를 가로질러 편의점으로 갔다. 가로등이 켜진 주택가 사이를 건너가는 짧은 길은 무섭지 않았다. 나는 편의점에서 간식거리를 한 봉지 가득 사 들고 유유히 되돌아오고 있었다. 사방이 캄캄했지만 학원 건물을 바라보니 3층만 유난히 빛났고, 빨리 돌아가서 배고픈 아이들과 맛있게 먹을 생각뿐이었다. 그때, 캄캄한 주택가 앞에 주차된 차 사이로 무언가 시커먼 물체가 보였다. 가슴이 철렁 내려앉는 순간 검은 그림자가 서서히 움직이는 것이었다. 가로등과 가로등 사이라 구분이 애매한 찰나, 허연 모습을 드러내며 나를 향해 다가왔다.

개였다. 그것도 묶여 있어야 할 큰 놈이었다. 손에 안기는 작은 강아지가 아니라 허연 이빨을 드러낸 몸집이 큰 개였다. '이 밤에, 나 혼자, 하필 여기에'라는 순간, 인지 능력이 부족한 나는 겁부터 나기 시작했다. 침을 흘리며 짖어대거나 나를 향해 달려오지는 않았지만 한 번도 이런 시간에 이런 마주침이 없었던지라 몸이 얼음장처럼 차가워졌다.

'괜찮아, 진정해.'

개에게 하는 말이 아니라 나에게 하는 말이었다. 아무리 진정하려고 해도 마음이 말을 듣지 않았다. 다리는 왜 이렇게 떨리는지. 손에서 얼음 마법을 뿌려 내 주위가 온통 움직이지 않는 얼음 동네가 되었으면 좋겠다는 실없는 상상을 했다. 돼지처럼 큰 개가 아무 움직임도 없는 차만 보다가 걸어 다니는 사람을 보니 반가웠던지 꼬리를 흔들며 자꾸 가까이 다가왔다. 빨리 뛰어간다면 개가 흥분해서 나를 물어버릴 것 같다는 상상이 들었다. 나는 서서히 뒷걸음쳤다. 바짝 다가오더니 교복 차림에 스타킹을 신은 내 다리를 킁킁거리며 몸을 낮추었다. 개의 털이 내 다리에 닿는 순간, 입에서 거

나의 색을 찾았습니다

품이 나듯 소름이 끼쳤다. 너무 무서우면 내 입은 소리도 안 나오고 바들바들 떨기만 한다.

담벼락이라도 넘어 어느 집 마당으로 뛰어 들어가고 싶지만 능력 부족이었다. 뒷걸음치다 몸에 턱 닿는 것은 자가용이었다. 앞뒤 뵈는 게 없었다. 높이뛰기 선수를 빙의해 차의 보닛 위로 덥석 올랐다. 그리고 오들오들 떨며 개가 사라지기를 기다렸다.

개는 무료했던지 천천히 자취를 감췄다. 차 주위를 빙빙 돌다 먹을 것도 없고 재미도 없는 별 이상한 사람이라며 코웃음 치고 갔는지 모르겠다. 한참을 차 위에서 번데기처럼 앉아있다 내려온 나는, 땅에 발이 닿는 순간 걸음아 나 살려라 하며 뛰어왔다. 하얗게 질려 있는 나를 보고 아이들이 한마디씩 했다.

"밖이 추웠나 보네."

그 일이 있고 난 후, 개를 보면 유난히 겁을 먹게 되었다. 짖거나 이빨을 드러내는 것도 아닌데 괜한 트라우마가 생긴 것이다. 몸집이 크지 않아도 개가 짖는 소리에 유별스럽게 놀란다. 목줄이 되어 있지 않은 강아지를 공원에서 만날 때면 바닥에 납작 붙어 있던 겁이 쑥 튀어 오른다. 그때부터 나는 개와 상극으로 살아가게 되었다.

사춘기를 겪는 아이들이 강아지를 키우고 싶다고 했다. 마음을 주고 싶은 대상이 꼭 동물이어야 하냐며 극도로 반대했다. 그에 따른 책임감도 문제다. 사랑의 유효기간이 며칠로 끝날까 봐 염려되었다.

결국 충분한 책임감과 배려심이 있을 때 생명을 키워야 한다며 엄마의 승리로 끝났다.

미용실 풍경

선선한 가을이 되자 마음이 달뜨는 것이, 머리라도 풀어헤치며 나를 바꿔보고 싶었다. 늘 고무줄이 말려 있는 머리카락을 풀자 찰랑찰랑하고 윤기 나는 머릿결 대신 수수 빗자루 같은 머릿결이 고무줄 자국을 남긴 채 엉켜 내려왔다. 이리저리 새는 돈이 아깝지만, 이 머리 스타일만은 꼭 바꿔야겠다는 생각이 낙엽만큼 진하게 물들었다.

나와 같은 생각들일까. 가을 문턱의 주말이라 손님이 적잖이 밀려 있다. 가도 되겠냐는 연락을 미리 문자로 했고, 오라는 답장과 함께 쏜살같이 달려왔는데. 역시 예약 없는 동네 미용실은 내 시간이 파마처럼 말려 들어간다. 자주 염색을 하러 온 탓에 어느새 나도 여기 단골손님으로 분류된다.

나는 차례를 기다리는 동안 영화관 하나를 빌린 것처럼 관객 모드로 앉아 있었다. 머리를 하러 왔지만 다른 손님의 머리를 미용기술 익히는 학생처럼 관찰하기도 하고, 별 특별할 것도 없는 손님의 행동이 내 시선을 잡기도 했다. 작은 공간에 밀집된 사람들의 행동이 종일 켜진 TV처럼 생생 라이브였지만 시간을 투자할 만큼 재미 있지는 않았다.

시간은 지나고 지나 한 시간을 고스란히 버렸다. 기다리게 할 거면 다음에 오라고 하지 왜 지금 오라고 했냐며 마음속으로 따지고 들 때쯤, "여기 앉으세요."라며 주인장은 나를 불렀다. 막힌 하수구가 뻥 하고 내려가는 순간이다. 그리고 보니 혼자서 모든 손님을 감당해야 하는 일이 눈에 선명하게 들어온다. 한 번도 앉을 틈새가 없는, 치열한 삶의 현장을 보고 있으려니 '한 시간쯤이야' 하는 너그러움이 자연스럽게 밀려왔다.

나는 왜 여기로 오는 걸까? 손님의 머리를 매만지는 나의 단골 미용사는 참으로 인간적인 사람이다. 흔히 미용실만 가면 주머니가 너덜거릴 정도로 바가지를 쓰는 일이 종종 있다. 물론 나일론 빗자루 같은 머리를 윤기 나고 찰랑거리게 하는 데 돈이 들어가는 것은 당연하다. 문제는 손님이 원하지 않아도 앰플이니, 클리닉이니 유식한 용어를 들이대며 고가의 비용을 요구하는 것이 썩 개운치 않았다는 것이다. 소심한 내가 딱히 거절을 못하고 하라는 대로 했다가는 몇 달을 후회할지도 모른다. 아파트 단지 사이에 빼곡한 미용실을 놔두고 주택가 어디 구석쯤에 위치한 이 미용실을 알아내기까지는 꽤 많은 시간이 걸렸다. 한번 왔다가 다시 찾아갈 때 길을 몰라 한참을 헤맬 정도로 구석진 곳에 있다. 간판도 번듯하지 않는 허름한 미용실은 아는 사람만 찾아오는 꽤 소박하고 작은 미용실이다.

실장이니, 원장이니 하는 호사스러운 호칭이 없다. 혼자서 커트, 파마, 드라이, 머리 감기기까지 모든 일을 다 감당해야 하니 시간이 걸릴 수밖에 없다. 집에서 몇 발자국만 나가면 즐비한 미용실을 놔

두고 여기까지 오는 이유는 저렴한 가격 때문이기도 하지만, 아무나 붙잡고 돈이 될 만한 상술을 부리지 않는 사람이라는 것을 알았기 때문이다.

염색을 하면서 파마까지 하고 싶었다. 쭉쭉 뻗은 머리에 생기를 더하고 싶어 파마를 해달라고 했더니 대뜸 안 된다고 했다. 머리 손상이 심하니 다음에 하라는 말만 했다. 몇 달이 지나고서 똑같이 물었지만 거절의 메시지가 여전했다.

'손님이 원하면 해줘야 하는 것 아닌가.'

섭섭한 마음에 다른 미용실로 갈아타기를 하고 싶었지만 이내 주인의 심성을 생각했다. 파마를 하고 싶은 마음을 정말 간절하게 표현했을 때는 머리를 한 뼘 잘라내고 난 다음이었다. 손님이 원하면 가릴 것 없이 파마 값을 챙겼던 동네 미용실에 비해 이곳은 상당히 인간적이다. 돈이 아니라 손님의 머릿결이 우선이었다.

이곳을 이용하는 사람들은 다들 나와 비슷한 경험으로 오는 것 같다. 호탕하고 쩌렁쩌렁한 목소리는 딱 필요한 말만 간소하게 할 뿐이다. 요란하게 떠들며 손님을 유혹하지도, 쓸데없는 말로 손님을 귀찮게 하지도 않는다. 풍만한 외모를 가진 주인장은 나이는 어리지만 일에 대한 책임감이 보인다. 단골이라는 것은 주인과 나 사이의 보이지 않는 믿음이 있다는 것이 아닐까. 나는 이 단골 미용실을 아마도 꽤 오랫동안 찾을 것 같다.

4 장

마음의 색깔

기억해준다는 것

엄마가 되고 나서 생일상을 제대로 받아본 적이 없다. 가족의 생일은 칼같이 지켜내면서 정작 내 생일에는 셀프 생일상을 차린다. 누군가 끓여준 미역국이 대접받는 존재였다는 것을 내 손으로 끓인 미역국을 먹을 때 알았다. 하루가 저무는 게 아쉬운, 요란한 생일날을 맞이하는 아이들과는 달리 생일이 무덤덤해지는 게 엄마다. 오히려 아이의 생일에 나의 아픔과 존재를 더듬어 보기에 언제부턴가 '생일 자동이체'가 되었다.

받기만 하던 남편이 딱 한 번 어설픈 미역국을 끓인 적이 있다. 20년 동안 손맛으로 일궈낸 사람과는 전혀 다른 맛이라도 감동을 하지 않을 수 없었다. 한 번도 해보지 않은 미역국 이벤트에 감동했다기보다, 그날을 잊지 않았다는 데 의미를 두었다. 생일의 의미는 '맛'이 아니라 '기억'이기 때문이다.

그날을 기억해주고 챙겨준다는 것은 모두에게 감동으로 다가온다. 생각지도 못한 일이면 더욱더 그렇다. 문제는 내가 기대와 설렘

나의 색을 찾았습니다

에 차 있는데 상대가 기억하지 못하거나 마음을 내비치지 못했을 때 허망한 감정이 밀려온다는 것이다. 많지 않은 기념일도 망각하기 일쑤인 남편들이 공공연히 아내에게 핀잔을 듣는다. 선물은 고사하고 냉랭한 말투로 밥투정이라도 하는 날엔 세계대전이 일어난다. 생일, 결혼기념일, 크리스마스 등 1년에 챙겨야 할 날을 그리 많지 않다. 다섯 손가락에 들어가지도 않는 날을 기억하지 못한다는 것은 스스로 애정전선을 흔드는 경우다.

상업화의 전략으로 화이트데이니, 밸런타인데이 등 요란한 날이 생겨 남자들이 헷갈리기도 한다는데. 섬세함을 즐기는 사람들에게 그런 기억력은 감동을 낳는다. 아내도 마찬가지다. 무언가를 사서 포장을 곁들여 건네는 손길은 아날로그 감성이지만 큰 감동을 준다. 이제는 선물도 과정이 없는 온라인으로 대신 한다. 특별하진 않지만 그날을 기억해내고 무언가를 사서 마음을 전한다는 건, 받는 사람에게 돈으로 환산될 수 없는 가치를 지닌다.

딸아이의 수능시험이 얼마 남지 않았을 때, 여기저기서 수능 잘 보라는 격려 선물이 들어왔다. 예전에는 찹쌀떡과 엿이 시험 선물의 대표였는데 언제부터인가 초콜릿이 자리 잡았다. 첫 아이라서 무언가 챙겨주는 사람들이 의외로 많았다. 주소를 물어오며 뜸하던 연락을 먼저 건네줄 때 고마움이 깊숙이 우러나왔다. 아이를 기억해주고 격려의 말과 함께 선물을 주는 것은 아이와 나의 긴장한 마음에 힘이 생기게 했다. 잊고 지냈던 인정이 스멀스멀 피어올라 행복에 젖었다. 아이는 퉁명하게 반응할 때도 있었지만 시험에 대한 피로감을 잊으려고 달달한 것들을 자주 입에 넣었다.

많은 초콜릿 상자를 뒤로하고 화분 하나가 들어왔다. 아이의 방에 놓고 안정을 취하라는 말과 함께. 생각지도 못한 세심한 배려에 놀랐다. 달달함이 물릴 때쯤 아이도 그런 화분이 마음에 들었던지 환한 웃음을 지었다. 침대 머리맡에 놓고 자주 쳐다보며 관심을 보였다. 식물이 증발한 우리 집에서 자주 보지 못하는 다육식물 화분이다.

수능은 무사히 끝났다. 그러나 가지고 있던 능력을 힘껏 발휘하지 못해 며칠 우울하게 지냈다. 생각지도 못한 문제가 생각지도 못한 수준으로 나와 당황하고 난감했다고. 한동안 뉴스에서도 시끌벅적하게 떠들어댔다. 앞으로 살아가면서 예상과는 다른 일이 얼마나 많이 생기게 될는지.

쉽지 않은 인생, 마음대로 안 되는 세상. 인생 공부의 단면이라는 것을 차츰 알아갔으면 좋겠다.

나의 색을 찾았습니다

끝이 사라진 배움

아는 언니가 졸업작품 전시회를 했다. 꽃바구니 하나를 손수 마련해 축하 자리로 갔다. 적지 않은 나이에 다시 대학교를 들어가는 게 쉬운 결정은 아니었을 텐데. 그래도 결단력 있게 공부를 마친 언니가 대견해 보였다. 편입해서 2년. 미술은 이론만 다루지 않고 실기를 병행한다. 졸업작품전이 있기까지 힘들고 괴롭다는 말을 수시로 들었던 터라 제한된 시간 안에 그림을 완성해야 하는 고충을 누구보다 공감할 수 있었다.

오픈 행사에 앞서 졸업생을 소개했다. 일렬로 늘어서 있는 졸업생들이 많지 않다는 사실에 나는 놀랐고, 절반이 만학도라는 사실에 또 한 번 놀랐다. 얼굴에서 나이를 짐작할 수 있었다. 30대에서 60대까지 다양했다. 미술학도가 되기 위해 나이를 접은 학생들이 마음에 깊은 울림을 주었다. 하나하나 작품을 세세히 감상하며 그림에 대한 열정을 마음으로 읽어보았다. 모든 열의를 쏟아 결과물을 완성해낸 성실의 결정체를 보는 당사자들은 누구보다 흐뭇할 것이다.

나의 색을 찾았습니다

미술학도가 되기 위한 편입과정은 그리 어렵지 않았다고 했다. 마음만 먹으면 언제든지 대학에 갈 수 있다는 사실에, 이제 배움의 문은 나이에 제한을 두지 않는다는 것을 알 수 있었다. 나이로 인해 철저히 배움의 문을 닫는 사람도 있고, 나이에 연연하지 않고 당당하게 문을 두드리는 사람도 있다. 확실히 배움을 두려워하지 않는 사람은 마음이 젊고 건강하다.

한때, 미대를 가기 위해 수능을 치르자마자 그림에 매진하던 날들이 새록새록 떠오른다. 한 장의 그림에서 합격과 불합격이 갈린다는 생각에 떨리는 마음으로 수채화와 소묘를 했던 시간이었다. 그 한 장으로 대학과 인생이 결정된다는 부풀 대로 부푼 생각이 마음을 더 긴장하게 했다. 수능을 치르고 실기 시험이 있기 전 막바지 연습이 한창일 때는 밤새는 일도 허다했다. 합격하고 싶은 마음은 누구나 절실했겠지만, 비싼 학원비를 댈 부모님을 생각한 철든(?) 마음이 죽기 살기로 매달리게 했다.

그런 절박함이 사라져 시샘이 나긴 하지만, 만학도에게 비교적 쉽게 문이 열린다는 것이 참 다행이다. 인생의 허무함을 피해갈 수 없을 때 그 공허함을 채우는 것은 배움만 한 게 없다. 흐릿해진 인생을 짙은 농도로 만들어가는 것은 끝까지 배움을 놓지 않는 마인드다. 손과 머리는 느려질지언정 늦게 뿌린 씨앗이 더 기쁨을 줄 때가 있다. 배움에 당돌해지는 것이 의미 있는 인생을 만드는 조건 중 하나다.

그러나 만학도로서의 고충 또한 없지 않았을 것이다. 아들과 딸 같은 아이들과 어울린다는 것이 생각만큼 쉽지 않았을 것이다. 마음대로 따라주지 않는 체력과 바닥을 보이는 정신력에 수없이 '이 나이에 무슨'을 한 보따리 쟁여놨을지도 모른다. 쌍둥이도 세대 차이를 느낀다고 하는 요즘이니 먼 세대 간의 의견 차이로 시끌벅적한 일도 끊이지 않았을 것이다.

내가 갓 입학한 당시, 우리 과에 만학도가 한 명 있었다. 10살 차이가 나는 그 언니는 엄마처럼 다정했지만 쉽게 어울리지 못했다. 어울림의 자리에서 자신이 방해물이 된다고 생각했는지 수업 외에는 절대로 끼질 않았다. 전후 사정을 들어볼 수는 없었지만 바쁘다는 핑계가 다반사였고, 연장자로서 의견을 존중하려 해도 목소리를 내는 일 없이 조용했다. 자신을 걸리적거리는 존재로 여기며 스스로를 낮추기만 했다. 그때는 우리와 어울리지 않는 언니가 이상한 성격의 소유자라 생각을 했는데, 지나고 보니 만학도 나름의 예의라 생각했던 것 같다.

배움은 공부지만 공부는 곧 학교라는 공식이 사라졌다. 관심 있는 분야의 책을 찾아 새로운 지식을 채우며 성취감을 느끼는 것만으로도 만학도라고 할 수 있다. 자리에 앉아 수많은 강사들의 명강의도 화면을 통해 들을 수 있다. 때와 장소를 가리지 않고 자기만의 공부 지도를 찾아 스스로 배워가는 공부가 진짜 공부다.

공부의 필요성을 느껴 자신의 의지에 따라 선택한 일에는 성실함과 책임감 있는 마무리가 따른다. 많은 인생을 겪어본 후에 하는 공부는 연륜과 경험이 빗살처럼 새겨진다. 낭비되는 시간을 줄이고 알뜰한 삶을 의식적으로 만들려 한다.

사회적 의무를 마친 사람들이 자신을 돌아보며 공부다운 공부를

나의 색을 찾았습니다

찾아 만학도의 길에 들어서는 요즘이다. 평생 들어도 물리지 않는
'진짜 공부'를 하기 위해서다.

21년 만에

　해운대 어느 호텔에서 아트페어가 열렸다. 갇히듯 지내는 답답한 마음에 바닷바람이라도 쐬고 싶었다. 버스 티켓을 예매하는 순간부터 다른 일상이다. 시외버스를 타고 가는 길은 눈에 익지 않은 풍경을 여유롭게 바라보는 시간이다. 두 시간도 되지 않아 해운대 바닷가가 널찍한 품으로 시원한 바람과 함께 우리를 맞아주었다.

　부산은 나의 대학 시절 추억을 간직한 곳이다. 20년이 지난 지금, 어느 하나 변하지 않은 것 없이 낯설지만 바다 공기는 고향과 함께 아득한 추억을 떠올리게 한다. 낯선 곳에 정착하기 위해 친구들과 어울리며 살았던 4년 동안은 살면서 많은 따뜻한 색을 품었던 시간이다.

　해운대가 보이는 전망 좋은 호텔에 들어갔다. 이번 아트페어는 호텔에서 이루어졌는데, 룸마다 담당 갤러리가 있었다. 수십 개의 갤러리가 제공하는 그림을 보기 위해 객실을 돌아다녔다. 창문을 열어둔 곳은 시원한 바닷바람이 들어와 기분까지 설레게 했다. 작가들의 무한한 상상력과 창의력에 감탄하며 작품의 가치를 평가하기

　　　　　　　　　나의 색을 찾았습니다

도 하고, 내가 도움받을 요소를 찾기 위해 현미경처럼 살피기도 했다. 그렇게 나는 색색의 그림에 취해 한참을 감상에 빠져 있었다.

다리가 슬슬 아파지면서 맨 끝에 있는 방만 보고 잠시 쉬기로 했다. 입구에 걸린 그림 하나에 빠져 한참을 부동자세로 서 있는데, 누군가 내 등을 친다. 얼굴을 돌리자 아스라이 기억나는 누군가가 떠올랐다. 그 사람과 기억이 딱 겹쳐지는 순간, 우리는 반가움에 어쩔 줄 몰랐다. 반사적으로 손을 잡고 서로 새어 나오는 웃음을 마음껏 흘렸다. 같은 과 동기지만 한 살 많은 언니였다. 우리는 금세 그때의 학번을 단 새내기의 모습으로 돌아갔다. 정확히 21년. 서로 다른 배경에서 서로 다른 일을 하며 보냈기에 시간을 더듬어 보는 데 한참이 걸렸다. 무엇보다 언니는 외모가 많이 달라졌다. 지금의 여성스러운 이미지는 남자 같은 강한 이미지였던 과거와 너무 달라 실실 웃음이 새어 나올 만큼 놀라웠다. 우리는 쏟아지는 궁금증에 쉴 새 없이 말을 이어갔다. 어찌나 놀랍고 반가운지. 역시 부산은 나의 학교와 뗄 수 없는 곳이다.

공부도 그림도 쉬지 않았던 그 언니는 일본에서 박사과정을 밟고 유명한 화가가 되었다. 그때도 너무나 개성이 강했는데, 지금의 그림 작업 또한 특이하면서도 평범하지 않은 개성이 고스란히 묻어있었다. 강하고 화려한 색상을 사용해 강렬한 이미지를 새겨 넣었는데 입구에서 호감을 갖고 유심히 보았던 그림이 바로 언니의 작품이었다.

학업을 마치고 서로 각자의 길을 갔던 사람들이 서로 다른 세월을 보내고 다시 만났을 때 우리는 어떤 느낌이 들까. 동창모임을 하지 않는 나는 그런 감정들을 가끔 생각해보곤 한다. 사회가 정한 성공의 잣대로 위와 아래를 가르며 자신의 초라함을 먼저 둘러보게 되는 건 아닌지. 그때와 지금의 믿을 수 있는 현실과 믿을 수 없는 현실 사이에는 어떤 기준이 존재하는 걸까.

동기들과 가끔 만나 서로의 소식을 듣는 언니가 "멀리 간 네 소식이 궁금하더라."라는 말에, 내 마음 구석에서 무언가 울컥 오르는 느낌이 들었다. 단합된 어떤 단체에서 홀로 떨어져나와 혼자가 되었다는 생각과 육아에 밀려 꾸준히 무언가를 하지 않았던 것은, 그리움이라는 단어를 안고 자주 옛 생각에 빠져들게 만들었다.

늘 뭉텅이로 어울려 다니던 친한 언니는 아니었지만, 4년 동안 얼굴을 보며 지냈던 언니가 과거를 뚫고 나왔다는 사실과 지금 여기서 나와 마주하고 있다는 사실이 무척 반가웠다. 서로 변하지 않았다고 칭찬했지만, 세월은 정직하게 달려 다른 인생만큼 많은 결과물을 각자에게 내어주었다.

공부 때문인지 언니는 늦게 결혼했다. 이제 네 살배기 아이가 있다고 했다. 내가 대학생 딸이 있다는 말을 하자 언니는 뒤로 나자빠지는 시늉을 했다. 이렇듯 서로 다른 길 위의 다른 인생을 대면하는 순간이다.

돌아오는 차 안에서 많은 생각이 오갔다. 작가들의 새로운 그림을 머리에 담아온 만큼 지나쳐온 과거까지 담아 왔다. 언니를 통해 알게 된 다른 사람들의 소식에도 여운이 남았다. 아이를 키우느라 많은 세월을 가족에게 투자했던 나에 비해 자신의 인생을 먼저 챙겼던 언니가 대견하지만, 결코 부럽지는 않았다. 자신에게 주어진 가장 현명한 길을 다르게 걸었을 뿐이다. 주부로서의 길이 박사 못

지않게 중요했다고 의미부여를 하니 결코 내 자리가 하찮게 보이지 않았다. 넓고 큰길보다는 좁고 후미진 길에서 얻은 잔잔한 행복이 내게 더 필요했던 것이라고.

집으로 가는 길 내내 명상에 잠기며 나의 과거로의 여행은 계속되었다.

잃다 그리고 찾다

대학생 때였다. 화장실에 들어가야 하는 나는 거추장스러운 짐이 무거워 잠깐 세면대 옆에다 가방을 내려놓았다. 그곳은 강의실과 한참 떨어져 있어 인적이 드문 곳이었다. 지나가는 사람도 보이지 않고 적막하기만 화장실에 잠깐 짐을 내려놓았을 뿐. 나는 그것이 사건의 시작이 될 거라고는 꿈에도 몰랐다.

금방 볼일을 마치고 화장실을 나왔는데, 세면대에 올려놓은 내 가방이 사라졌다. 언제 들어왔는지 여학생 하나가 태연하게 손을 씻고 있었다. 메고 있는 큰 쌀자루 같은 검은 가방으로 보아 같은 예술대학부 학생이 틀림없다. 그 과 학생들은 대부분 의상이나 짐을 많이 넣어 다니기 때문에 항상 덩치 큰 가방을 메곤 했다.

너무나도 짧은 시간에 가방이 없어졌다는 것이 놀랍고 황당했다. 썰렁하기 짝이 없는 이 화장실에, 더군다나 단둘 뿐이라 의심할 여지가 없는 이 상황에 말문이 막혔다. 검은 가방에 볼록하게 들어있는 짐 사이로 내 가방이 꾸깃꾸깃하게 박혀있는 상상을 했다. 상대방의 가방에서 눈을 못 뗀 채 나는 따가운 시선을 날렸다. 태연하

나의 색을 찾있습니다

게 손을 씻고 있는 그 사람에게 나는 어떻게 말을 꺼내야 할지 망설이고 있었다.

내 가방의 형체가 보일 듯 말 듯 한 검은 가방을 노려보며 나는 애원의 말을 꺼냈다.

"혹시, 제 가방 못 보셨나요?"

제발, 제발, 제발을 한 보따리 넣어 애처로운 듯이 물어봤지만 역시 대답은 냉정했다.

"못 봤는데요?"

손을 씻는 둥 마는 둥 하며 그 사람은 황급히 사라졌다.

가방을 뒤져볼 수도 없는 이런 황당한 상황이 처음인 나는 자신의 실수를 인정할 수가 없었다. 드라마처럼 센 언니가 되어 머리채라도 뜯고 싶었지만, 그런 과격한 나의 모습은 이번 생에 없었다. 눈 뜨고 코 베이는 이런 순간을 경험해야 하다니. 상황에 대처하지 못하는 어리버리한 자신의 능력에 화가 나기도 했다.

억울함의 여운이 길게 가면서 나는 내 가방에 들어있는 물건을 하나하나 짚어 보았다. 과제나 자료보다 더 중요한 지갑이 생각나자 눈물이 차올랐다. 타지 생활을 하는 내게 부모님이 보내주신 소중한 돈을 허무하게 잃은 것이 아깝고 억울했다. 가방째로 몽땅 잃어버린 여운은 쉽게 사라지지 않았지만, 소중한 것은 잘 지켜 허망하게 잃지 말아야겠다는 생각은 두고두고 남게 되었다. 이제는 거추장스러운 물건이라도 불안함보다 불편함이 낫다며 공중화장실을 갈 때마다 바리바리 짐을 들고 안으로 들어간다.

의도적인 도벽을 당하지 않아도 우리는 물건을 잃어버릴 때가 있다. 잘 챙겨야지 하면서도 내 손에 있던 물건이 나도 모르게 사라질 때가 있다. 지하철 위에 올려둔 물건을 잊어버리거나 버스에 두고 내린 우산이 얼마나 많은지. 길거리에서 반갑게 마주친 사람과 정신없이 이야기하다 손에 든 물건을 놓고 올 때도 있다. 나이 때문이라며 긍정으로 나를 두르지만, 내 것이 내 것으로 남아있을 때 마음은 평온하다.

마트 앞에서 분홍빛 십 원짜리가 떨어져 있었지만 아무도 줍는 사람이 없었다. 시선과 가까운 어린아이의 눈에도 반짝거리며 잘 보였겠지만 어느 누구도 가져가질 않았다. 돈의 가치가 떨어졌기도 하지만 이제는 그 돈으로 살 수 있는 물건이 없기 때문이다. 십 원으로 사탕 한 알을 살 수 있었던 나의 유년에서 많은 시간이 흘렀다는 것이 씁쓸하다.

누군가 떨어뜨린 물건에서 누군가의 마음을 짚어볼 수 있는 풍경이 사라지고 있다. 잃었는지도 모르는 사이 떨어진 것이 대부분이지만, 부유해진 만큼 물건의 가치도 떨어졌다. 얼마 되지도 않는 물건의 경우에는 다시 사면된다는 생각에 기억에서 밀려나 기한 없이 놓여있기도 한다. 내 물건 소중히 간직한다는 생각이 많이 퇴색되었다.

놀이터 근처 나무에 아이용 장갑이 걸려 있다. 신나게 그네를 타다가 떨어뜨렸나 보다. 발견하기 쉽도록 나무에 걸어놓았다. 애타게 찾는 물건은 아닐지라도 발로 누가 밟아서 더러워지지 않게. 얼른 주인이 찾아갔으면 하는 마음이다. 다시 아이의 손으로 돌아가 소중한 물건이 되기를.

과거를 데려오며

  아이 방문 앞에 작은 상자가 하나 있다. 정리되지 않은 사진들을 상자의 입이 벌어지도록 아무렇게나 담아 놓았다. 순간순간을 놓치지 않으려 많은 사진을 찍어둘 때 즈음, 앨범에 정리하는 속도가 차츰 늦어지면서 자리를 찾지 못한 사진들을 한꺼번에 몰아넣었다. 자라는 순간을 가지런하게 정리한 앨범과는 다르게 시간의 흐름이 뒤죽박죽인 채로. 때로는 큰아이와 작은아이의 시공간이 종이 한 장 사이로 넘나들기도 한다.

  열 손가락을 두 번 오므리는 세월 동안 아이들이 자랐다. 과거를 다 기억하기에는 너무나 많은 세월이 흘렀고, 머릿속의 추억은 현재의 용량에 밀려 차츰 희미해져 간다. 가끔 생각을 되돌리며 가물거리는 추억을 잡아보곤 하는데, 그럴 때면 앨범에 저장된 사진 하나가 선명하게 떠오른 수십 년 전의 그곳으로 데려다 놓는다. 그래서 남는 게 사진이라고 하나 보다.

  귀찮았지만 한 장 한 장 현상해두었던 사진들이 가장 쉽게 눈에 보이고 소중하게 남았다. 휴대폰 카메라가 등장하면서 찍는 횟수에

      나의 색을 찾았습니다

비해 보관되는 양은 오히려 줄어들고, 사진의 의미 또한 사라지고 있다. 정해진 양만 찍을 수 있었던 사진기가 사진을 더 감칠나게 한 것 같다. 급속도로 발전하는 현대 문물 앞에서 마냥 좋아할 수만은 없는 일이다.

아이 방을 청소하다 갑자기 눈에 사진이 들어오면 나는 자주 과거로 들어간다. 젊은 날의 내가, 풋풋한 시절의 남편이, 손에 잡힐 듯 작은 아기가. 저마다 뭉클한 감동을 안기고 마음을 젖게 하는데, 그 순간만큼은 시간을 애써 밀치려 하지 않는다.

문득 떠오른 생각.
과거의 나로 다시 돌아간다면 어떨까?
처음 겪는 일 앞에서 겁부터 나던 일도 있고, 막연한 설렘이 있기도 했다. 어설펐던 일도 경험이라는 보물로 남은 것은 과거의 내가 있었기 때문이다. 누구든 처지지 않는 피부, 활기찬 젊음을 가진 나와 마주해보고 싶을 것이다. 웃음이 더 많았고 천진난만한 얼굴을 볼 수 있는 그 시절은 이제 사진 속에서 찾을 수 있다.

사진은 그 자체로도 작품이 되지만, 그림을 그리는 사람에겐 작업의 질을 높이는 대단히 중요한 도구다. 눈으로 보고 그리는 것이 가장 적합하지만 상황과 장소에 구애받기 때문에 사진의 도움이 필요하다. 잘 현상된 사진을 빌어 작가의 창의성과 개성을 표현하기도 하고 다양한 작품을 세련되게 만들어내기도 한다. 아마도 사진이 없다면 종이나 캔버스에 작품을 담아내는 방법이 다소 제한적일 것이다.

오래 간직하고 싶어 아이의 사진을 꺼내 그려보았다. 지나간 시간들에 대한 아쉬움도 있지만 지나온 시간이 멀어졌기에 마음을 당긴다. 그때의 옷과 소품들, 고사리손으로 했던 모든 행동들이 다시 내 눈에 새롭게 다가왔다. 똑같이 표현하기는 힘들어도 그 느낌으로, 그 분위기로 옛날 아이를 바라보던 엄마의 마음을 고스란히 간직하고 싶다. 육아가 힘들어 아이의 사랑스러움을 보지 못했던 순간이다. 사진과 교감하는 지금이 더 애정이 간다. 아이를 스케치북에 담는 순간, 힘든 육아가 그리운 육아가 되었다. 아이의 사진은 지나간 시간의 오만가지 감정을 풀어놓게 한다. 더구나 그림은 어떤 순간의 일부를 마음으로 담는 시간이다.

지나고 있는 지금 이 시간도 과거가 된다. 시간은 쉬지 않고 내 주변을 돌아간다. 한번 써버린 시간을 되돌릴 수 없듯이, 지나가기 전에 알뜰히 쓰는 것도 능력이다. 대부분의 후회는 흘러버린 시간을 아까워하는 데 있다. 모두에게 주어진 시간을 잘 활용해 멋진 추억으로 채워가는 것이 과거를 잘 기억하는 방법이다.

마흔은 유년의 기억이 아름답게 저장되어 있는 시기다. 시골의 정서와 풍경들이 삶에서 흔들릴 때마다 큰 위안이 되기도 한다. 도시적인 삶도 마찬가지. 이웃과 친구, 나와 관계된 모든 사람이 크고 작은 무게로 아름답게 저장되어 있다. 바닷가에서 자란 나는 바다에 삶의 터전을 둔 부모님과 함께 외진 곳에서 누린 추억이 있다. 나룻배를 타고 등교했던 시간이 낭만이었고, 어촌이지만 농촌의 풍경도 공존해 해풍을 맞고 자란 과수원의 신선한 과일을 따 먹는 일이 일상이기도 했다. 생계 때문에 자유롭게 방임한 교육이 삼 남매에게 마음의 유산이 되었다. 몸이 기억하는 시원한 에메랄드빛 바다색이 좋고, 나뭇잎 사이로 햇빛이 반짝이는 푸른빛도 좋다. 시

나의 색을 찾았습니다

원하고 안정적인 색의 푸른 계열은 내 팔레트의 물감을 빨리 닳게 한다.

지금, 내 아이도 유년의 추억을 만들고 있다. 조금은 뻣뻣한 도시적인 삶이라도 먼 훗날 꺼내 보면 엄마의 자궁처럼 편안한 추억으로 간직하고 있을 것이다. 파도가 넘실대고 갈매기가 끼룩대며 날아가는 장면이 아닐지라도, 노를 저으며 한적한 나룻배가 지나가는 장면은 볼 수 없어도, 분명 낭만이라는 이름으로 남겨진 풍경들이 있을 것이다. 엄마의 음식이 그럴 수도 있고, 아파트 단지 안의 개울물이 그럴 수도 있다. 어떤 것이든 나의 마음에 오랫동안 기억되는 무언가가 있다면 가슴으로 그린 나의 그림이다.

도미노 같은

우리는 세상이라는 바닥에 공들여 무언가를 차곡차곡 세워나간다. 성공과 야망이라는 거대한 블록을 세우는가 하면, 금방 이룰 수 있는 소망과 바람의 작은 블록을 세우기도 한다. 그것이 넘어지지 않도록, 그로 인해 다른 어떤 것이 피해를 보지 않도록 온전히 손끝에 집중하며 삶을 채운다.

욕망의 크기에 비해 세상에 닿는 면적은 의외로 작다. 땅을 지탱하고 서 있는 그것은 낮은 곳보다 높은 곳을 보는 우리의 위태로운 삶의 단편이기도 하다. 그래서 조금은 불안한 모양으로 서 있지만, 우리는 그렇게 차곡차곡 개수를 채우며 늘어나는 수에 만족한다. 손끝에 힘을 싣고 진지한 태도로 희열과 전율을 느끼며 그렇게 하나하나에 집중한다.

세상에는 늘 같은 상태로 놓아두지 않는 법칙 같은 것이 있다. 알 수 없는 압력에 의해 어렵고 진중하게 채운 것들이 가차 없이 쓰러지기도 한다. 어떠한 손도 쓸 수 없고 어떠한 벽으로도 막을 수 없는, 말하자면 이미 세워질 때부터 쓰러질 운명이었던 것처럼 허무하게 무너지는 경우가 찾아올 때도 있다.

세상에 태어나서 누군가의 도움을 받아 천천히 성장해나갔다. 유아기를 거쳐 성인이 될 때까지 나의 소망과 바람은 큰 파노라마 없이 성장을 위한 도미노를 세워나갔다. 가끔 위태로운 바람이 불었지만 성숙한 나를 위한 흔들림이라 생각했다. 성취와 노력이 깃든 도미노를 세울 때마다 희열을 느꼈고 과거를 되돌아보며 기쁨에 젖곤 했다. 그때그때 색과 모양이 다른 도미노였다.

내 인생에서 뜻하지 않게 무너지는 경우가 찾아올 때도 있었다. 몸에 병이 찾아왔고 난청으로 세상에서 떨어져 나왔다고 생각되는 시기였다. 끝이 보이지 않는 암울한 시기가 오랫동안 지속되었을 때, 기쁨과 희열의 도미노까지 모두 쓰러져버렸다. 꽤 오랫동안 흑백의 시간에 정체했고 우울의 나락에 빠져 있었다.

자연에는 태풍과 지진과 같은 자연재해가 있다. 재해가 남기고 간 파편은 복구가 어려울 만큼 클 때도 있고, 흔적만 남길 때도 있다. 아직은 누군가의 힘으로 제압할 수 없는 위력을 가진다. 우리에게도 살아가면서 어쩔 수 없이 맞이하는 인생 재해가 있다. 약속되지 않은 위험은 언제나 도사리고 있고, 내일 당장 어떤 일이 일어날지 모르는 무지의 삶을 살고 있다.

알 수 없는 미래가 닥쳐도 마음을 복구하는 일이 필요하다. 가슴속의 도미노를 다시 일으키는 것이 삶을 재생하는 일이다. 파도가 잔잔할 때는 사공의 기술이 필요치 않다. 배를 조종하려면 큰 파도 위에서 배를 다뤄본 경험이 필요하다. 인생이란 배를 조종할 때 풍랑을 만나지 않고는 경험을 얻지 못한다. 많은 스킬이 감춰진 나의 삶은 넘어진 것으로부터 얻었다.

나의 색을 찾았습니다

도미노가 쓰러져 있다고 인생이 끝나는 것이 아니며, 세워져 있다고 인생이 탄탄대로인 것도 아니다. 쓰러졌든 쓰러지지 않았든 모양은 중요하지 않다. 평탄한 인생이 쓰러졌다고 비관할 일도 아니다. 단, 시선이 중요하다. 넘어진 순간은 하늘을 보게 되고, 바로 서 있다면 앞을 보게 된다. 넘어진 순간 하늘을 원망하기보다 그 하늘을 보며 소리쳐야 한다. 나는 곧 일어설 것이라고.

어떤 위기에 처해도 우리는 그 자리에서 무언가를 짚고 일어나 앞으로 나가야 한다. 늘 그 상태를 유지하려고 하는 것보다 가끔은 일어나는 과정에서 삶의 의미를 찾아야 한다.

만델라도 외치지 않는가. "인생의 가장 큰 영광은 결코 넘어지지 않는 것이 아니라 넘어질 때마다 일어서는 데 있다."라고.

오늘도 나는 쓰러지기 위해 일어난다.

스펙트럼을 비추다

아이들에게 꿈을 묻는다. 자신의 꿈이 확고한 사람이 있는가 하면 아직은 물음이 성급한 아이도 있다. 비교적 자신의 꿈이 뚜렷하게 새겨진 아이는 드물다. '영재발굴단'에 나올 법한 소수의 아이가 주목받는다. 대부분 꿈을 찾아가는 기간이 길다. 어쩌면 꿈으로 가는 길은 멀고 길어서 꿈이라고 하는 것은 아닐지. 꿈이 현실이 되면 다시 다른 꿈을 꾸어야 하듯이, 아이들의 마음속에는 성장을 위한 수많은 꿈이 있다.

어른의 잣대로 아이의 미래를 판단한다면 아이의 꿈이 작아 보일 수 있다. 한 번 경험해 보고 더 많이 살아본 사람의 눈으로 보기에 작은 꿈이 서툴고 부실해 보인다. 하지만 내면에 잠재해 있는 가능성은 마주 보는 사람보다 훨씬 크다. 눈에 보이지 않지만 품고 있는 가능성은 우리가 상상할 수 없을 정도의 가치를 지니고 있는 것이다. 열어보기 전까지 그 속에 어떤 미지의 공간이 있는지, 어떤 이야기와 스토리가 있는지, 스스로 겪어나가면서 몸으로 얻는 것이 바로 아이의 인생 여정이다. 인과응보가 있거나 반전이 있을 수도 있다. 아이의 꿈은 아직 발견되지 않은, 숨겨진 보물 같은 것이다.

새를 타고 하늘을 나는 상상, 산소 호스 하나로 바다세계를 누빌 수 있다는 생각, 개미 소굴 같은 지하 세계를 자유롭게 그리는 아이들의 그림은 자신의 순수한 꿈을 몸으로 표현하고 있다. 꿈이 꼭 직업이 되어야 하고 명예가 되어야 하는 것은 아니다. 현실이라는 무게감에 눌리면 아이는 꿈을 꾸는 것이 아니라 직업을 꿈꾼다. 자유로운 곁가지를 낼 수 없도록 '실용'이라는 명분으로 어른이 꿈의 가지치기를 하는 것인지도 모른다.

빛을 스펙트럼에 비추면 무지개색을 볼 수 있다. 부족하다고 생각한 아이의 등 뒤에는 일곱 빛깔 무지개가 감춰져 있다. 빨·주·노·초·파·남·보. 색색의 재능과 역할이 세상 속에서 꿈을 흡수해 황금빛 인생이 된다는 것을. 어쩌면 아이의 무지개를 볼 줄 아는 사람이 진짜 부모가 아닐까 한다.

한 아이의 꿈을 오래 간직해온 나의 빛은 어떨까. 동심을 끝내 잃지 않은 어른 아이가 내 안에 있다. 아스팔트를 녹일 정도로 뜨거운 빛은 아닐지라도 도전과 야망이 섞인 빛은 아직 꺼지지 않았다. 어두운 틈새로 비치는 작은 소망은 언제나 나의 존재를 잊지 않게 만든다.

나의 빛을 스펙트럼에 비추어 본다면 어떤 색이 더 많이 비칠까? 나조차 보지 못했던 색이 분명 있을 것이다. 많은 재능과 능력을 뜻하는 나의 색들이 서로 융합하여 화려한 불빛으로 새어 나오지는 않을지. 아이돌의 화려한 무대만큼 형형색색의 색깔이 내 몸에 드리워져 있는지도 모른다.

희망이 꺼지지 않는 이상, 우리는 등 뒤에 보이지 않는 무지개를 안고 있다.

미완성의 완성

   루브르 박물관의 수많은 명화 중 가장 인기 있는 작품은 레오나르도 다빈치의 '모나리자'다. 대략 A4용지 4장 정도의 크기지만 40조 원 이상의 가치를 지닌 비싼 그림 중 하나로 추앙받고 있다. 작은 그림 한 장의 가치는 어디에 있는 것이며, 여인상 한 점을 보기 위해 수많은 나라의 사람들이 줄을 서는 이유는 무엇일까.

   사람들은 모나리자의 미소에서 가치를 찾았다. 얼굴에 드리워진 미소가 신비성을 느끼게 해, 마치 추상화처럼 다양한 감정을 추론할 여지를 준다는 데 있다. 입꼬리가 올라감으로써 웃고 있는 듯 보이지만 눈을 보면 또 아니다. 스푸마토* 기법으로 마치 안개 속으로 사라지듯이 은은하게 표현함으로 인해 신비로움은 절정에 달한다. 아직도 모나리자의 미소는 적지 않은 연구가들의 관심을 받고 있다. 수수께끼가 풀릴 듯 말 듯, 다빈치의 숨은 재능을 한 번에 꿰뚫어 볼 수 없는 천재의 작품이다.

---

* 색깔 사이의 경계선을 명확히 구분 지을 수 없도록 부드럽게 옮아가게 하는 기법. 레오나르도 다빈치의 그림에서 비롯된 것으로 알려진다.

나의 색을 찾았습니다

모나리자의 그림이 유명해진 또 다른 이유는 눈썹이 없다는 것이다. 미인에게 눈썹이 없다는 것이 사람들의 의문과 관심을 낳았다. 시대 분위기를 따라 이마를 넓게 그려 시원한 미인상을 반영했다는 설도 있고, 눈썹을 칠한 부분이 세월에 의해 사라졌다는 가설이 나오기도 했다. 수많은 가설과는 별개로, 눈썹 하나 때문에 '모나리자'는 미완성이라는 꼬리표를 뗄 수가 없다. 하나의 빼기로 인해 세상 사람들의 호기심을 불러들인 그림이다. 다빈치는 '미완성으로 끝마친 완성품'으로 세기의 명작을 만들어내었다.

그림을 그릴 때는 완성작을 머릿속으로 생각하거나 미리 그려낸 구상 스케치를 참고하며 작업해 나간다. 많은 시간이 투자되고, 적지 않은 고뇌와 시행착오, 내 의지와 느낌을 살리려 작가의 손과 머리는 하나가 된다. 때로는 의도하지 않은 부분에서 우연히 생각지도 못했던 기법을 얻거나 의도했던 처음과는 많이 다른 방향으로 완성을 할 때도 있다. 종이나 캔버스에 스케치할 때부터 나타내고자 했던 의도가 완성을 향해 갈수록 계획된 방향과는 다르게 나올 때가 의외로 많다. 즉 처음부터 내가 원하는 작품이 나올 확률은 낮다는 뜻이다. 작업과정에서 생겨난 변수가 완성의 질을 채우는 것이다.

우리의 인생도 마찬가지다. 수많은 시간 동안 내가 원하는 방향으로만 나가는 경우는 없다. 살면서 얻는 많은 변수가 내 인생이 되고, 나의 하루가 되고, 지금의 내가 된다. 정해진 길과 정해진 인생이라면 우리는 정해진 삶을 마감해야 한다. 어떤 삶이 펼쳐질지 아무도 모른다는 것이 능동적인 삶을 살게 하고 호기심을 갖게 하는 것이다.

　작품이 완성되면 더는 그릴 이유가 없다. 인생은 미완성일 때 무언가 더 그리고 싶고 채우고 싶다. 가까이에서 볼 때와 멀리서 볼 때의 느낌을 적절히 살려 나의 색을 채우고 그림에 애정을 쏟아야 한다. 결과보다는 과정이 중요하듯이, 마음과 느낌의 상호작용을 하는 지금이 희열을 느끼는 순간이다. 완성하려 들지 말고 나의 손끝과 느낌을 살리며 천천히 그려나가는 것이 곧 나의 인생 그림이다.

　나는 오늘도 무엇을 그리며 어떤 배경으로 세상의 흔적을 남기고 있는가.

　　　　　　　　　나의 색을 찾았습니다

뒤를 보다

우리는 앞에 펼쳐진 삶에 순응하며 열심히 살아가고 있다. 흔히 인생을 산에 오르는 것에 비유한다. 흐릿하게 보이던 산꼭대기가 점차 뚜렷하게 보이면 그제야 인생 후반기로 접어드는 시점에 섰다고 할 수 있다. 정상에 오르는 것만이 목적이라고 그것에 집중하면 산에 오르면서 느낄 수 있는 자연의 소리는 잘 들리지 않는다. 한 걸음 한 걸음을 디디며 자연과 호흡하고, 자연이 내는 소리에 귀 기울여 가슴과 몸에 얻을 수 있는 무언가가 있다면 산에 오를 가치는 충분하다.

땀이 흐르고 숨이 가쁠 때는 잠시 쉬어가야 한다. 추진할 수 있는 에너지가 필요하다면, 반대로 쉼이라는 에너지도 똑같이 필요하다. 지금껏 열심히 걸어왔다면 이제는 무거운 짐을 풀고 마음의 무게를 잠시 내려놓을 때다. 지금이 바로 그 시점이다. 튼튼한 다리를 믿기에는 나이라는 그늘이 드리워졌다. 다리보다는 몸의 감각을 깨워야 할 때다.

정자가 있다면 좋지만 걸터앉을 돌 하나만 있어도 다행이다. 땀을

닦고 숨을 고르며 지금껏 올라왔던 길을 가만히 돌아본다. 갈 길이 멀다며 조급해하는 마음은 잠시 접어두자. 그것은 막 출발할 때의 성급한 마음이다. 내가 걸어온 길, 돌아본 길에 애정이 가는 이유는 내 몸이 지나왔고 내 발자국이 찍혀 있기 때문이다.

마음에 들지 않는 그림은 다시 그리면 된다. 새 종이를 꺼내고 연필을 깎고 다듬어 다시 시작하는 마음으로 스케치를 하면 된다. 이것이 아니라면 저것으로 새로운 시도를 해볼 수도 있다. 그러나 인생은 그렇지 않다. 새 종이도 없고 다시 그릴 수도 없다. 지나온 흔적 위에 지금의 발자국을 덧칠하는, 지울 수 없는 그림이다.

태어난 순간부터 우리는 누적된 삶을 산다. 점을 찍은 곳부터 그리고 채우며, 또다시 그리면서 인생이란 그림을 쉼 없이 그려나간다. 한구석도 같을 수 없는 저마다의 그림은 때로 렘브란트의 작품처럼 진중한 구상작품이 될 때도 있고, 잭슨 폴록의 작품처럼 알 수 없는 추상 그림이 되기도 한다. 내가 지나왔던 모든 순간이 어둡고 침울해도 잊으려 애쓰기보다 튼튼한 삶의 바탕이 되게 힘을 주어야 한다. 참을 수 없이 괴로운 순간도 있고, 슬프고 화나는 순간도 있지만, 시간이 지나면 물감이 마르듯 폐부 깊숙이 박히는 인생의 가르침이 아름다운 무늬를 남기기도 한다.

아무것도 가진 게 없고 어떤 것도 이루지 못했다며 자책하는 길에도 미미한 나의 흔적이 있다. 다른 누군가의 발자국을 이정표 삼아 어두운 숲길을 걸어왔듯이, 어떤 길잡이도 없는 곳에서 나의 흔적이 또 다른 누군가의 발자국이 된다는 것을.

아무것도 없다고 느낀 순간과 세상의 바닥에 있다는 생각은 자신에게 인색한 마음가짐이다. 통장잔고는 0을 찍었다고 해도, 수없이 퍼내도 다시 고이는 물처럼 돈으로는 환산할 수 없는 긍정의 감정이 가득 차 있다면 넉넉한 인생이다. 부정의 감정이란 짐을 내려놓고 그루터기에 앉아 잠시 숨을 고르다 보면 욕망은 비워지고 신선한 감정이 생겨난다. 욕심의 찌꺼기를 걷어내면 내 주위에 내가 필요로 하는 많은 것들이 이미 존재함을 알게 된다.

지금은 잠시 쉬어가며 눈과 귀에 다른 많은 것을 담아야 할 시간이다. 물통의 물을 꺼내 타는 듯한 목마름을 해결하고 내가 걸어온 길에 남긴 향기를 맡는 여유의 시간이다.

나의 색을 찾다

　결혼하고 남편의 직장을 따라 먼 곳으로 왔다. 주변에 아는 사람 하나 없어 미지의 세계처럼 낯설었다. 내가 살던 곳보다 대도시인데도 가끔 사하라 사막에 홀로 선 것처럼 적적했다. 늘 보던 부모님, 아는 사람, 털털하게 수다 떨 친구 하나 없다는 것이 새 출발이 주는 외로움이었다. 어떻게 살아야 할 지 매뉴얼도 없었고, 그저 달력이 허무하게 넘어가듯 사랑하는 사람에게 의지한 채 하루하루를 보냈다.

　일을 찾는 것이 어색한 생활에 안정감을 찾아줄 것이라 생각했다. 아이들과 어울리는 곳에서 하루를 바쁘게 보내며 새로움이 주는 두려움을 떨쳤다. 생활도, 길도 익숙해질 때쯤 나는 아이를 가졌고 오래지 않아 집에 안착했다. 아이의 존재는 나의 일과를 바꾸어 놓았고, 또 다른 새로운 세계를 펼쳐줬으며, 육아라는 모험을 일상에 넣었다.

　결혼 전과 후를 판가름 짓는 것은 바로 아이가 아닐까 한다. 신혼의 달콤함이 무엇이었는지. 아이로 인해 생길 수 있는 삶의 변화는

다양했다. 잠 한 번 편히 자보는 것이 소원이 되어 버린 일상을 지나 늘 불안한 하루하루를 버텨야 하는 내 젊은 시절이었다. 가끔은 출산의 긍정적인 면을 볼 수가 없을 만큼 지쳐 있기도 했다.

몸이 말하는 산후 우울증의 시기를 넘기고 보니 아이는 간간이 재롱을 피웠다. 눈에 넣어도 아프지 않을 만큼 애정이 쌓였고, 그 힘들었던 시간을 겸허히 받아들였다. 그런 시간이 부모가 되기 위한 관문이라 여기며 나를 키웠던 부모님을 한 번쯤 되돌아보게 했다. 철드는 시기였다. 그때부터가 진짜 엄마가 되는 순간이다.

나를 타인으로 보게 된 긴 시간은 카멜레온과 같은 감정을 낳게 했다. 나 자신뿐만 아니라 모두의 시선이 아이에게 가면서, 나의 삶은 독립되지 않고 아이를 받쳐주는 대들보로써 존재하게 됐다. 아이의 사회성을 명목으로 또래 아이들이 있는 곳으로 몰려가고, 같은 엄마들로부터 동떨어지지 않기 위해 유모차를 끌며 친밀함을 유지했다. 아이를 키우는 것은 모든 부모가 하는 일이지만 아이를 특별하게 키우는 것은 아무나 하지 않는다며 내 아이를 위해 발 벗고 나서는 일이 한두 가지가 아니었다.

나는 없고 아이만 있는 삶, 둘의 삶이 하나가 되어 버린 삶을 오랫동안 살았다. 엄마로서 아이와 가족을 위해 희생해야 한다는 생각이 두꺼운 솜이불 같았다. 따뜻하지만 함부로 움직일 수 없도록 내 위에 드리워진 무게를 의식하며 살았다. 무얼 하든 언제나 제약을 받아야 하는 내 삶이 기름칠하지 않은 기계처럼 무거운 소리를 내며 돌아갈 때도 있었다. 그렇게 인생을 경험하며 평탄하게 살아가고 있을 때, 조명은 서서히 나를 비추기 시작했다. 모든 색깔을

합친 밝은 빛이 아닌 어둡고 붉은빛이었다. 세상으로부터 소외시키기 위해서인지 귀는 점점 나빠졌다. 결국 세상의 절망감을 느낀 순간까지 찾아왔다.

나의 삶을 수직선 위에 세워보면 크고 작은 조각들이 빼곡히 서 있다. 어쩌면 우리는 모양과 색을 달리할 뿐 누구나 그런 종류의 굴곡 있는 삶을 살고 있는지도 모르겠다.

마음의 무게가 깃털처럼 가벼워지는 날이 오면 인생을 다시 시작할 거라고 호기롭게 외쳐대지만, 시간이 비집고 들어온 공허한 가슴은 어떤 것으로도 채울 수 없었다. 빈 공간에 채워야 할 것은 팔딱팔딱 뛰는 사랑도 아니고 빛나는 물건도 아닐 것이다. 그것이 주는 짧은 만족은 더 이상 나의 영혼을 환하게 하지도 않는다.

나의 삶은 언제 가장 빛났을까? 각자의 삶이 화려하다고 느낀 순간은 언제였을까? 팔레트의 물감은 어두운색과 밝은색이 나란히 놓여 있을 때 풍부한 색감을 얻을 수 있다. 어느 한쪽만 있다면 만족할 만한 색감을 낼 수 없다. 삶도 어두운색과 밝은색이 적절히 섞였기에 깊이 있는 인생을 만들어 주었다. 어느 한 색으로만 치우친다면 평생 다른 색의 존재를 알 수 없었을지도 모른다.

무언가를 그리며 색을 채우는 것은 내 인생의 의미를 찾아 나서는 것이었다. 내 시야에 아른거리는 것들을 하나씩 그려보며 여진이 오는 불안한 마음을 편안하게 감싸곤 했다. 마음의 구멍으로 들어오는 찬바람은 연필과 물감으로 메꾸어나갔다. 한 장 한 장 행복을 그릴 때마다 엉성하던 마음이 팽팽하게 채워졌다.

한 번도 가본 적 없는 곳이 있듯, 한 번도 들린 적 없는 내 마음

나의 색을 찾았습니다

의 영역이 있다. 소소한 성취감으로 행복이 묻어나오는 감정의 영역과 같은 것이다. 무거운 일상에 눌려 찌그러진 그 영역을 찬찬히 늘려보는 것은 내 손과 의식이 하나가 되게 만드는 시간뿐이다.

오늘도 우리는 모두 각자의 그림을 그리며 살아간다. 그것이 명작이든 아니든.

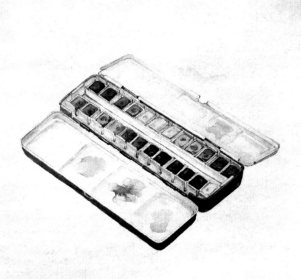

스케치하고 색을 채우다 보면 시간이 평소보다 빨리 간다. 주어진 시간은 늘 똑같지만 사람의 심리와 상황에 따라 시간이 달리 보이는 것이다. 나에게 그림은 시간의 속박에서 벗어나 마음이 진공 상태에 머무는 순간을 제공해준다. 그래서 그리는 행위는 단순히 어떤 결과물을 안겨주기보다 마음의 평정을 유지하게 만드는 만트라 같다. 어울리는 색을 찾아 손을 쓰는 행위는 마음의 진동을 느끼며 나 스스로에게 온기를 주는 행위이다.

타닥타닥 자판 소리를 들으며 글을 채우는 일 또한 미세먼지처럼 뿌연 영혼을 맑게 정화하는 일이다. 깜박이는 커서에 한동안 불안감이 들기도 했지만, 내 손이 닿은 만큼, 욕심을 내려놓은 만큼 애정의 산물이 되었다. 또는 하얀 종이에 비뚤배뚤한 글씨를 한 자 한 자 써 내려갈 때 머리카락에 막힌 하수구 같던 마음이 깨끗하게 비워질 때가 있다. 마음 하나에도 수백 가지의 감정이 생기듯, 오늘 다르고 내일 다른 들쑥날쑥한 마음을 지그시 눌러주는 것도 글쓰기였다.

비우고 채우며 삶을 살아가듯이 나는 쓰고 지우고, 그리고 지우는 것을 반복하며 살아간다. 세상이 정해놓은 잣대 없이, 좋다 나쁘다는 굴레 없이 세상을 유영하는 나의 자유로움이다. 가족, 나, 사물, 그리고 마음을 바라보며 내 눈에 담는 동안, 나는 보이지 않는 것들도 함께 보게 되었다. 그림으로 그려내지 못하는 곳은 마음이 보는 글로 담기도 했다. 그렇게 나는 좀 더 자세히, 그리고 오랫동안 내 주위를 바라보게 되었다. 시선이 닿는 시간이 짧을수록 마음에 담기 어렵듯, 쓰고 그리는 일은 어떤 것을 기억에 오래 머물게 한다.

눈이 아닌 마음에 오랫동안 남기고 싶을 때 펜과 물감을 들기를.

자기만의 방식으로 삶을 살아가는 모든 이에게 응원과 박수를 보낸다.